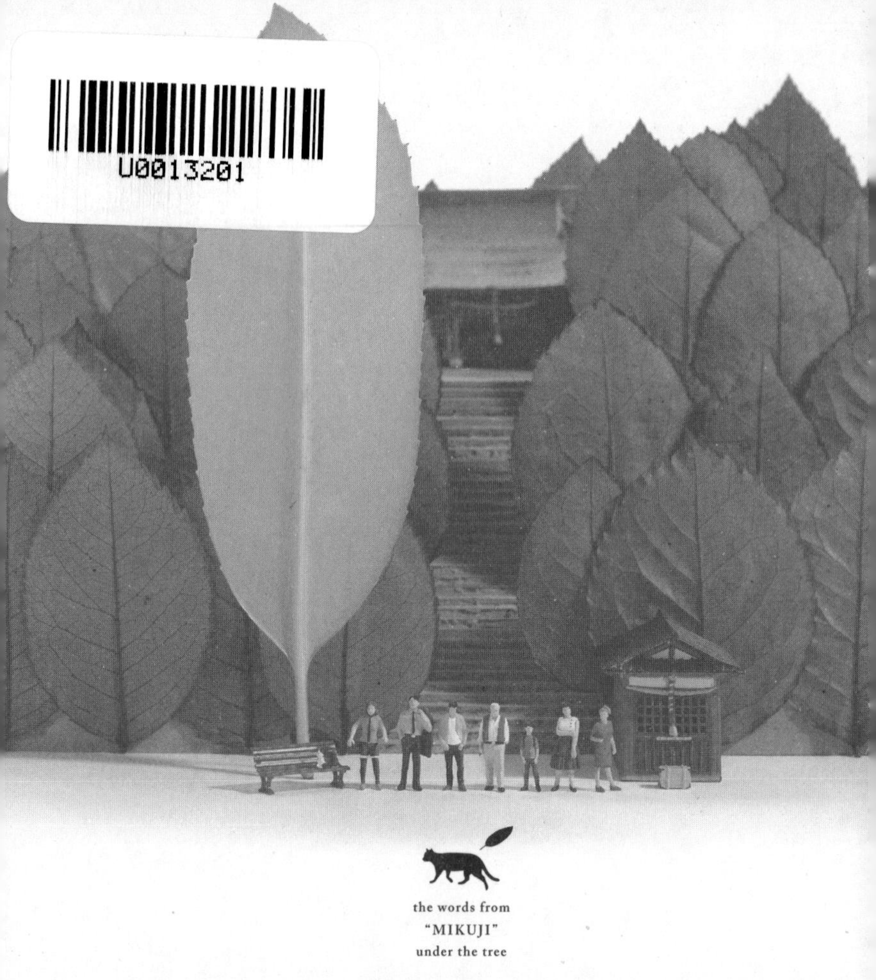

the words from
"MIKUJI"
under the tree

在樹下傳達神諭的貓

猫のお告げは樹の下で

青山美智子

Michiko Aoyama

邱香凝　譯

咦，

原本以為是鈴鐺聲，原來是大葉冬青的葉子發出了聲音。

早晨神社裡響起的這聲音溫柔堅定，氣質高雅。

我停下拿著竹掃把掃地的手，聽得入神。

差不多該來了吧。

在樹下傳達神諭的貓

the words from "MIKUJI" under the tree

【目次】

模型製作・拍照　田中達也（MINIATURE LIFE）
排版設計　菊池祐

[第一片]

——

朝西

the words from
"MIKUJI"
under the tree

睡醒時，第一個浮現腦海的，還是佐久間先生的事。
恍惚中彷彿看見他溫柔的眼角。下一瞬間，立刻想起那張為難的臉。啊，那才是現實，而我已經無法再見到佐久間先生。
總覺得內心深處凹了一個佐久間先生形狀的洞。這讓我知道，自己還沒好。
床頭櫃的鬧鐘指著上午五點。
距離上班時間還很久，打算睡個回籠覺。可是一閉上眼睛，佐久間先生又出現在眼皮底下。那對一笑起來就顯得稚嫩的下垂眼、只有瀏海前端翹翹的自然捲髮、喊我「美晴小姐」時穩重的男中音。
我受不了只好起身，打開窗戶。無論蜷縮多久，天還是會亮。夏日尾聲的早晨，聽見鳥叫聲。
——今天也去吧。
我做一個深呼吸，伸伸懶腰。
只要去跑步就能忘記。
這是國中高中都隸屬田徑隊的我學會的特技。

不及格的考試成績、媽媽的嘮叨、班上同學在背後說的無聊壞話。只要社團活動時間專心跑步，大部分情緒都能順利切換掉。從美容學校畢業，開始在美髮沙龍工作後，不是遇到愛把雜事丟給我的高高在上前輩，就是明明自己不遵守時間遲到卻惱羞成怒說我動作太慢的客人，為了揮去這些小蟲般的不舒服，我總在上班前的早晨或假日上午跑步。

朝大地用力一蹬，衝破迎面而來的風。我的雙腿愈是用力，視野就以愈快的速度往後飛逝。將眼前的建築、行道樹和人群不斷拋在腦後。過去了，過去了，都過去了。

那些猛烈的不甘心與焦躁，跑完後將隨汗水滑落，大部分都變得無所謂。如果想過平穩的人生，這種「怎樣都無所謂」的感覺就很重要。

因為無所謂所以忘得掉。討厭的事對自己而言，多半是怎樣都無所謂的事。那些無法讓我擁有幸福心情的事沒有記住的價值。

至今，我一直像這樣克服各種煩惱。

可是，好奇怪。只有這次不管怎麼跑、怎麼跑，就是忘不掉。

已經超過一個月了，怎樣也無法覺得無所謂。就連跑步的當下，和佐久間先生之間的一幕一幕還是會湧上心頭。

活了二十一歲，第一次失戀。

雙腳交互抬起，腳上的運動鞋不經意映入眼簾，這才猛地回過神來。因為低著頭跑步是很危險的事。

老是看著和平常一樣的景色不行。我這麼想，一鼓作氣脫離熟悉的河堤路徑，朝國道沿線跑去。

佐久間先生大我五歲，是我工作的美髮沙龍之前的副店長。我到這裡工作一年半了，他個性穩重又很會照顧人，總是熱心指導工作。問一件事，他會再多教另外兩三件事。原本只覺得是個「可靠的上司」，視線卻在不知不覺中開始追著佐久間先生跑，和他在一起會心跳加速。不需要花太多時間，我就知道自己戀愛了。

上個月，聽說佐久間先生即將調到鄰鎮分店當店長，我下定決心，打算把自己的心意告訴他。我從沒和佐久間先生私下見面過，可是每次四目相接，他都會輕輕微笑，打烊後練習剪髮時，也會稱讚我「美晴小姐用起剪刀來很溫柔呢」。感冒請假的我康復重返職場時，他還說「有美晴小姐在，店裡氣氛都開朗起來了」。我懷著淡淡的期待，心想就算沒那個意思，他至少也不討厭我吧。

於是，趁客人比較少那天，我鼓起僅有的勇氣，抓緊打烊前的時間邀約：「今晚要不要去喝兩杯？」當然，我的意思是只有我們兩個人去。

然而，他刻意迴避我的眼神，歪著頭用幾乎聽不到的聲音說：

「啊……不、嗯。」

我很驚訝。第一次看到他露出那種表情。很顯然地，佐久間先生感到為難。說得更清楚一點，他在抗拒。嘴上雖然說「嗯」，心裡說的是「No」。發現自己誤會了的我，比佐久間先生慌張一百倍。心臟像一顆忽然被捏扁的番茄，後悔提出邀約，但一切已經太遲。

強忍想「哇」的大叫一聲逃出去的衝動，我呆站在原地。佐久間先生像忽然按下開關亮起來的電燈泡，換上開朗的表情說：

「不錯耶，大家一起去吧。」

「說的……也是……」

我好不容易才擠出這個回答。因為那句「不、不用了」已經湧上喉頭，差一點脫口而出。

很快地，我就知道為什麼佐久間先生逃避與我獨處。

那天晚上我們和幾個同事一起去居酒屋，他一邊吃浸在湯汁裡的炸豆腐一邊說：

「其實我過完年就要結婚了。」

我聽見心底發出被什麼輾過的巨響，但並不太吃驚。只覺得「果然如此」。害他露出那麼為難表情的事，對我而言打擊更大。他說和女朋友從美容學校時代交往至今，再怎麼遲鈍的我也立刻知道，這是他對我拉出的預防線，或者說這就是他給我的回答了。佐久間先生早就察覺我的心意，只是一直不落痕跡地防守。他這種成熟的顧慮，反而讓我顯得更悽慘。我的心意對他而言只是困擾，我卻得意忘形地更進一步。羞愧使我臉頰發燙。

幾天後，佐久間先生就調到鄰鎮分店了，連一公釐的介入餘地都不給我。

回過神時，我已經跑到很遠的地方。

讓雙腿帶領我一直跑，就會跑到不認識的地方。我環顧四周，國道沿線蓋了一排民宅，其中也有一些老舊花店或歷盡滄桑的電器行。

我放棄跑步，決定走一下。從慢跑包裡拿出水壺喝水，風吹過來，輕撫汗水黏膩的脖子。

粗鄙的商辦混合大樓一樓不知從何時就拉下的鐵門，上面貼有「店鋪招租」的貼紙。隔壁是一棟看似歷史悠久的公寓，公寓和大樓之間有一條細細的路，往路的前方看，看得見茂密的樹葉和更後方參拜殿的屋瓦，那似乎是一間神社。

我把水壺收回包包，朝神社走去。神社看上去不怎麼大，幾乎可以說感受不到人的氣息。不過，石造鳥居莊嚴有氣勢，神社內也打掃得很乾淨。清潔的手水舍給人很舒服的感覺。

我站在參拜殿前搖鈴，再次伸手進慢跑包，摸出一枚十圓硬幣，丟進油錢箱。鞠躬兩次、擊掌兩次，再鞠躬一次。

願望只有一個。

緊閉雙眼，我這麼祈求。

——希望能忘記佐久間先生。

睜開眼時，感覺到有誰在看我。

是一隻貓。

離參拜殿不遠處有一棵大樹。樹幹粗得差不多是我雙臂環繞的程度。樹下放著一張紅色長椅，貓就坐在上面。

說坐或許不太正確。牠的姿勢像是把前腳折起來收在胸口，真要說的話是趴在那裡。完全就是貓的姿態。

整體來說是黑色，只有額頭到鼻尖部分像是用白毛寫了一個八字。這種花色好像叫做賓士貓吧。

我輕手輕腳接近牠。

「你是這神社養的貓嗎？」

我這麼一問，貓竟然搖了搖頭。

咦？是在回答我？

「可以坐在你旁邊嗎？」

這次牠又點了點頭。哇，果然是耶。

帶著一點緊張的心情，在牠旁邊坐下來，貓也沒有逃跑，依然待在原地。

「你是來玩的？」

貓盯著我看，眼瞳是通透的金色。貓對著我瞇起眼睛，牠在笑嗎？這肯定是在笑吧。

我繼續問貓：

「噯，你知道要怎麼忘記失戀的痛苦嗎？」

似乎對這問題沒有興趣，也可能覺得無聊吧，貓緩緩起身，從長椅上輕盈地往下跳。什麼啊，要走了嗎？

話說回來，這真是隻漂亮的貓。身上的黑毛散發光澤，肚子和腳的白毛則白得像棉花。彷彿身穿高級西式禮服似的，末端像拐杖一樣彎曲的尾巴左右搖擺。發現牠的左側臀部上有個白色圖案，我不由得看傻了眼。

——星星圖案？

貓開始對著樹根磨爪。磨了一會兒，忽然停下來，像要說什麼似的轉頭看我。這棵樹怎麼了嗎？

抬頭一看，茂密的綠色樹葉背面，到處都可看見寫著文字。我站起來，伸手觸摸樹葉，手指摸到鋸齒狀的邊緣還有點痛。

仔細一看，樹葉背面的字不是用筆寫上去，而是在葉片上刻出的痕跡變成了咖啡色。大概是拿掉在附近的小樹枝或髮夾刻上去的吧。從所有的字都刻在葉片背面看來，正面可能刻不上去。

有寫著「早安！」、「BB命」的，也有畫簡筆鬼臉或大便圖案的，甚至還有很多寫著「發大財」、「給我錢」的塗鴉。對神社的樹做這種事難道不會遭天譴嗎？雖然這麼想，大樹旁邊並沒有設欄杆，也沒有禁止摘葉子的告示牌。看來，這間神社對參拜者抱持相當開放的心態。

隨機挑了幾片看，發現一片隔著中央葉脈，在左右兩邊像相合傘那樣寫著「彩希♡」、「達彥♡」的葉片。愛心符號觸動我內心的傷，忍不住伸手壓住胸口。名字旁邊還仔細寫上日期，差不多是兩年前的事了。一定是一對相愛的情侶來參拜時寫的吧，那麼久以前的葉片，竟然以這麼清楚的狀態保留，這也讓我很訝異。

雖然不知這對情侶的長相，彷彿能看見「彩希」和「達彥」恩愛的樣子，我重重嘆了一口氣。從字跡就能看出他們有多快樂。

好羨慕啊。

喜歡著誰的心情是如此開心，教人欣羨。

那兩人現在不知道怎麼樣了，是否還在交往呢？或者，當初只是其中一方在葉片上寫字的？這樣的話，現在還喜歡對方嗎？

發了一會兒呆，貓忽然繞著樹團團轉起來。這隻貓做什麼都毫無預警。我想起《小黑桑波》裡繞著樹打轉，變成奶油的老虎，不由得睜大雙眼。可是，貓在變成奶油前就停了下來，伸出左腳「咚」的一聲搭在樹上。

於是，一片樹葉從我頭上翩翩落下。

「咦？」

我撿起掉在腳旁的葉子，背面寫著字。

朝西？

我看了看葉子，又看了看貓。

「噯、這是……」

正想跟牠說話，貓又身手矯健朝參拜殿方向跑去，一溜煙就不見了。

我愣在那裡，一位穿著藍色工作服的先生拿著掃把走過來。一定是這間神社的宮司[1]吧。

「怎麼了嗎？」

這位體格魁梧的宮司先生，用溫和的語氣這麼說。他的嘴巴很小，夾在胖胖的臉頰之間，看起來很有福相，即使沒笑也像在笑的那種臉。

「請問，這葉子是……」

我遞出葉子，宮司先生輕輕接過說：「喔，是大葉冬青的葉子。」

「很有趣吧？這個又叫做明信片樹，可以在葉片上刮出文字保留。狀態能夠維持幾十年，只要貼上郵票就能當明信片寄喔。只拿兩三片的話就沒關係，妳要拿一些去嗎？」

「不用了，這個……」

要是說這片葉子是貓給我的，他會不會覺得莫名其妙呢？看我吞吞吐吐的樣子，宮司先生挑起眉毛問：

「難道是貓？」

沒想到會獲得如此妙答，我忍不住探身向前。

「沒錯，就是貓，一隻黑白色的貓……那個……屁股上有個星星圖案。」

「喔喔，神籤果然出現了嗎。」

宮司先生瞇起那雙原本就夠細的眼睛，晃著身體笑起來。

---

❶ 相當於寺廟住持的神職人員。

「神籤？」

「是啊，只有我們神職人員那樣叫牠就是了。神籤會忽然出現在有大葉冬青樹的神社，像傳達神諭似的搖落一片樹葉就走了。所以叫牠神籤。」

「……神諭。」

「對。所以這片葉子，妳最好珍藏起來喔。能獲得神諭，表示妳運氣很好。連在這裡出生長大、生活了五十年的我，都只聽說過神籤的事，沒有真正見過牠。因為牠只會在心有迷惘的參拜者面前出現。」

宮司先生把葉子還給我。我問：

「朝西是什麼意思啊？」

「這上面寫著『朝西』嗎？」

「咦？你看，這裡。」

明明寫得這麼清楚，宮司先生為什麼還問這種問題呢？他盤起手臂微微一笑：

「我也不知道什麼意思耶。神諭本身並非解答，只能說是引導妳找到答案的指標。」

看我聽得一愣一愣，宮司先生握緊掃把，仰頭望天。

「好嘍，既然神籤來過，我暫時大概要忙起來了。」

宮司先生一副滿足的樣子自言自語，說完就快步離去了。我手上的葉子，清楚刻著「朝西」兩個字。

朝西。往西邊去，幸福就在那裡等我。是這意思嗎？西邊是哪邊啊？

用有計時馬表功能的手錶確認方位。西邊和我來的方向正相反。我重整呼吸，往幸福的方位跑去。

──從結論來說，真是糟透了。

首先，我跑出神社不到兩分鐘就踩到地上的口香糖。聽見腳底傳來沙沙聲，一看才發現鞋底的口香糖黏到糖果包裝紙和落葉。不知道是誰吐在地上的口香糖緊緊黏住我的鞋底，在柏油路上摩擦了好幾下也完全弄不掉。我脫下鞋子，拿路邊的石塊刮掉口香糖時，先是被外出遛狗中的狗吠了，天上又突然下起雨來，把我淋成落湯雞。接著是迷路，慢跑包的拉鍊還偏偏選在這時壞掉。

那位宮司先生不是說我運氣很好嗎？難道朝西不是這個意思？

回到公寓查看信箱，裡面有一張明信片。是時子阿姨寄來的。

時子阿姨是媽媽的妹妹，今年四十五歲。原本在知名廣告製作公司當平面設計師的她，五年前獨立出來自己接案。我從鄉下高中畢業，到東京來念美容學校時，和睽違十年不見的她約在羅多倫咖啡店見面。不過，那次就只是見個面，也沒聊什麼特別的事，差不多一小時都是時子阿姨自說自話，喝完咖啡就回去了。之後只有過年會互相寄個賀年卡而已。

我不太知道怎麼跟時子阿姨相處。首先，她的塊頭和嗓門都比一般人大。然後，她對什麼都很小氣，常說自己「興趣就是存錢」。我剛上小學時，和媽媽及時子阿姨三人去過一次夏日祭典。媽媽買攤販剉冰給我，我問：「時子阿姨不吃嗎？」她的回答是：「我不要，那種毫無營養，只是在清冰上淋糖漿的東西就得花三百圓，誰要吃啊。」儘管說好聽點是節儉，記得還是個小孩的我心想「阿姨的人生真無趣」。時子阿姨通常只把毛燥的頭髮紮成一束馬尾，衣服隨便穿，也從來沒看過她化妝。說她樸素嘛，好像又不是那麼回事。酒行送的印有誇張啤酒商標的T恤，她也滿不在乎穿出門。

聽說二十幾歲時結過一次婚，一年就離婚了。據我所知，那之後她的感情世界就是一片空白。說話大剌剌，整體而言給人不拘小節的感覺，做的卻是需要細心和品味的設計師工作。粗魯且與時尚完全無緣的時子阿姨到底怎麼有本事獨立接案，對我來說真是個謎。

明信片上以斗大設計字體寫著「我搬家了」。看看住址，和我住的公寓同一區，明信片上也有阿姨手寫的訊息。

「我買了一間兩房兩廳的中古公寓，離妳家很近，有空過來玩。」

那個小氣巴拉的時子阿姨，竟然，靠自己一個女人的力量買下了公寓。我聳聳肩心想，大概終於下定決心單身一輩子了吧。我沒打算去玩，反正她應該也只是說說場面話。

回到屋內，把明信片放在桌上，視線卻被正面城堡插畫上的小對話框吸引。

「尋尋覓覓的朝西屋！」

……朝西。

我看了看這個對話框，又看了看那片大葉冬青的葉子。猶豫了一整天，晚上終於打電話給時子阿姨。

一聽到我說想去她的新家拜訪，時子阿姨就用出乎意料的高興語氣說：「真的嗎？來啊來啊！」正當我心想原來她是好意邀我，時子阿姨又說：

「來得正好，幫我剪頭髮，瀏海太長好礙事。」

哎，原來是這麼回事。比起外甥女來家裡玩，省下一筆美容院錢更讓她開心吧。

我提議下星期沙龍公休的日子過去，她就指定要我兩點到。於是今天，我帶著一盒蛋糕當伴手禮，朝時子阿姨的城堡前進。

她家離車站走路二十分鐘左右，似乎位在地勢較高的地方，上坡路走得我氣喘吁吁。這一帶是個連便利商店都難得一見的單純住宅區，到了時子阿姨住的公寓一看，雖說是中古屋，看上去倒一點也不老舊。她住的那間位於五樓公寓最上層，我按下對講機門鈴，時子阿姨也沒回應，直接把門打開。

「好久不見，多虧妳肯跑這一趟。」

「打擾了。」

時子阿姨毫不意外素著一張臉，身上穿的是領子都鬆掉的亮粉紅色馬球衫和皺皺的牛仔褲。

「進來吧。」

時子阿姨拉著我進門。從玄關進去後，可看見左右兩邊各有一間房間，兩邊的門都半開著。右邊房間裡有兩台大大的電腦和一張長書桌，左邊房間裡隱約可看見床鋪。

雖然不期待她拿拖鞋出來，但還真的沒有。即使如此，屋內比我想像的更乾淨，走廊牆上掛著可愛的小鳥裝飾畫。

然而，當時子阿姨打開走廊與客廳中間那扇門時，我忍不住低呼了一聲。客廳亮得嚇人，也熱得誇張。與其說是熱，不如說到發燙的地步。

冷氣開是有開，但幾乎沒什麼用。窗戶上拉得緊緊的整面黃色窗簾，讓屋子裡倍增明亮，卻也讓人看了覺得更熱。

「不、不會太熱嗎？」

「會嗎？客廳這裡正面朝西，又是這個時間，沒辦法。」

「至少用個寒色系的窗簾吧。」

「欸，西邊用黃色是提高財運的基本功啊。窗簾佔的視覺面積又最大，這點絕不可妥協。」

尋尋覓覓的朝西屋，原來為的是這個啊。我一陣沒力，還是把伴手禮的蛋糕盒遞上去。

「哇，是安潔莉卡的檸檬塔，我很喜歡這個，謝啦。」

我早就看清時子阿姨指定兩點的目的了。如果約中午吃飯時間，她就得準備午餐，要是嫌做菜麻煩，只好去附近餐廳吃。那麼一來，再怎麼樣也不能跟外甥女各付各的。換作兩點這個時間，我就會像這樣帶點心來，她也只要端茶出來就行了。時子阿姨圖的就是這個準沒錯。反正端出來的茶一定也是量販店買的兩公升寶特瓶裝茶。

「總之，先坐吧。」

我照她說的，在桌邊坐下。

「我來泡茶，妳要喝熱的還冰的？」

時子阿姨從客廳對面的廚房裡問。

「咦？那我要冰的。」

時子阿姨拿起燒水壺裝水。原來不是買寶特瓶裝茶，是特地燒水泡茶再做成冰茶給我喝嗎？不只如此，她還說「最近買到很好的伯爵茶葉喔」。我看到微波爐旁放著好幾種類的香料瓶，沒想到她做菜似乎很講究，不禁有些意外。等茶泡好的這段時間，我東張西望環顧室內。

可能因為剛搬來的關係，客廳裡只有最基本的家具。桌子、椅子、沙發和電視。還有個櫃子。差不多就這樣。

即使如此，一點也不給人寒酸的感覺。反而正好相反。L形沙發一看就很好坐，餐桌是四人座，對獨居者來說大了點，但用料紮實，肯定不是便宜貨。

話說回來還是好熱。我站起來往窗邊走，試著拉開黃色窗簾，但是光靠內側的蕾絲窗簾抵擋不了惡魔入侵般的強烈陽光。不行，拉上窗簾還好一點。

「這麼熱嗎？把冷氣溫度調低一點吧？」

時子阿姨說。

「時子阿姨平常忍受得了這溫度嗎？妳不是都在家工作？」

「嗯，我怕冷所以完全沒問題。而且工作的時候人不在客廳，用的是那邊的房間。不過，大家好像都很排斥這間屋子的熱氣，聽不動產公司的人說，因為大家都討厭西曬，這間房不太受歡迎。拜此之賜，我才能用便宜一點的價格買到。」

時子阿姨笑逐顏開。說到底，做決定的關鍵還是錢嘛。光是為了便宜的理由才會買下這間房子，這種事我無法理解。不過，既然她都說了，我便不客氣地把溫度從二十三度調降到十八度，回到桌邊時，茶已經準備好了。

我喝裝在細長玻璃杯裡的冰茶，時子阿姨喝裝在馬克杯的熱茶。

「天氣這麼熱，妳還喝熱茶？」

「我想盡可能攝取溫熱的食物，整天坐著工作，身體容易虛寒。」

時子阿姨對著馬克杯吹氣，津津有味地喝茶。檸檬塔裝在圓點圖案的盤子裡。

「這盤子好可愛。」

「是不是？現在的百圓商店真厲害，簡直是天堂。這馬克杯也是那裡買的。」

雖然家具看起來很貴，她存錢的興趣似乎不變。時子阿姨說：

「工作忙嗎？」

「嗯，是啊。也才就職第二年，忙歸忙卻沒做什麼了不起的事，一天到晚覺得灰心喪氣。」

「這樣啊，如果想找人聊聊的話，我願意奉陪喔。」

她語氣淡然，與其說是站在我的立場為我著想，不如說認為這是理所當然的事。我沒來由覺得高興，自己也為此感到吃驚。為了掩飾難為情，故意用不當一回事的語氣說：

「謝謝，不過沒問題。遇到討厭的事我會去跑步，這樣就會順利忘記了。」

吃著檸檬塔心想，話是這麼說，其實正為了忘不掉而痛苦呢。

時子阿姨停下拿叉子的手，看著我說：

「是喔。」

「怎樣啦。」

「美晴真了不起。了不起、了不起，遇到討厭的事不是用畏畏縮縮或講別人壞話的方式洩忿，而是用跑步來遺忘。像妳這麼堅強勇敢的女生可不多喔。」

她不是開玩笑，也不是隨口說說。時子阿姨直視著我，用一臉再認真不過的表情稱讚我，我不由得濕了眼眶。喝下玻璃杯裡的冰茶，伯爵茶口味好清爽，微微的柑橘香令人心曠神怡。

「妳是不是失戀啦？」

一顆直球飛來。被說中了的我一陣嗆咳。這種地方果然很有時子阿姨的風格。她就不能用委婉一點的方式說話嗎？

無視咳個不停的我，時子阿姨一邊咀嚼檸檬塔，一邊用平板的語調繼續：

「那種事，不是靠一直跑步就能忘掉的吧。」

我壓抑咳嗽，驚訝於她的一語中的。

「妳怎麼會這麼想？」

「因為，喜歡上某個人，就等於把那個人和自己混在一起嘛。」

「混在一起，什麼意思？」

時子阿姨沒有回答這個問題，只是若無其事地說：

「總之，失戀需要的是時間這個萬靈藥。」

時間這個萬靈藥。聽見這老掉牙的答案，我不開心地反駁：

「別說那種廉價的場面話，我討厭被這麼說。什麼總有一天就會忘記，什麼很快就會有好事發生。問題是我現在就很難受啊！現在就得想想辦法才行！」

轉頭望向憤怒的我，時子阿姨面無表情，默默吃掉最後一口檸檬塔。我的視線落在圓點盤子上。

「……想快點忘掉，每天都好痛苦好難受，要怎麼做才能消除這份痛苦？」

時子阿姨這次想也不想就給了答案。

「很遺憾，那是消除不了的。那份痛苦不會消除，只會變成別的東西。」

「別的東西是什麼？」

我急切地問，像溺水的人抓住浮木。時子阿姨卻呵呵一笑。

「每個人都不一樣啊。是能為別人帶來幸福的美好事物，還是把自己逼入絕境的醜陋事物，端看自己怎麼做了。」

喝光馬克杯裡的茶，時子阿姨爽快地說：

「來，幫我剪頭髮吧。」

時子阿姨從東邊的房間裡搬來一面鏡子，讓它靠著客廳的牆豎立。再往鏡子前放把椅子，圍上我帶來的毛巾和圍布，簡易沙龍就這麼開張。

打從開始上美容學校，家人或朋友就常這樣拜託我剪頭髮。不過，這還是我第一次摸到時子阿姨的頭髮。

拿下橡皮筋，用水噴濕頭髮再梳。發現到處都有若隱若現的白頭髮。

「時子阿姨，妳不染髮嗎？」

我刻意避開「把白髮染黑」的說法，只用「把頭髮染成別種顏色」的方式問。不過，時子阿姨當然明白我的真意，不假思索回答：

「我覺得白頭髮很乾脆，我很喜歡。原本黑色的頭髮，擅自變成完全相反的白色喔，而且還是這麼漂亮的純白色耶，到底是怎麼回事啊？好像黑白棋。總覺得自己正一點一點進化成魔女，很期待呢。」

鏡子裡的時子阿姨笑得沒有一絲陰霾。我懷著不可思議的心情看著她的笑容。

因為我第一次覺得，時子阿姨真是個美人。

時子阿姨頭髮差不多長及肩膀，從我懂事起，她一直都是留這個髮型。原因是再短就綁不起來，比這更長又得花太多時間吹頭髮。每三個月去千圓剪髮店修剪一次，今天也說髮尾只要修齊就好。用梳子梳起頭髮，下剪刀剪。原以為時子阿姨的頭髮毛燥，沒想到比想像中受損程度更輕，而且還很柔韌。或許因為連一次都沒染燙過，也不太常曝曬在紫外線下，所以時子阿姨的頭髮很自然。

時子阿姨大概不會自己吹整頭髮吧。為了避免綁起來的時候髮尾太厚，內側要打薄一點。這麼一來，就算不特別吹整，髮尾也不會朝奇怪的方向翹，看上去就不毛燥了。剪刀發出俐落的喀嚓聲，剪下的頭髮落在地板上。

「美晴摸頭髮的方式很溫柔呢。」

時子阿姨這麼說。我心頭一緊，隨後便稍微想起了佐久間先生的事。

他好像也曾這麼稱讚我。不過，那或許是因為我總是看著佐久間先生的緣故。

佐久間先生之前跟我說過一件事。他說，髮型師跟客人之間的接觸雖然只是一時，我們真正的工作卻不只是如此。從客人走出沙龍到下次回來剪頭髮，中間這段時間能否帶著對髮型滿意的心情度過，這才是考驗本事的地方。

對每個人的態度都細心周到，絕對不會偷工減料的佐久間先生。他思考的不只是客人在沙龍裡的時間，更包括客人的未來。每天的生活方式、接下來會參加的活動和心情的狀態等等。

於是，我下意識模仿起佐久間先生觸摸客人頭髮時的手勢。想像自己也跟他一樣露出穩重有禮，難掩內心潛在自信的表情。

是啊，沒錯。一定是這樣。我把自己和佐久間先生混在一起了。而我對此感到自豪。

認識佐久間先生太好了。能喜歡上他太好了。

想起他為難的表情時，雖然還是會痛苦，想像他跟其他人結婚時，雖然還是會哭出來。但是，即使如此——

太陽下山了，那近乎暴力的陽光才開始緩和。依然圍著圍布的時子阿姨要我調高冷氣溫度，拉開黃色窗簾。

一邊慢慢幫她剪頭髮，我們一邊聊了各種話題。工作的事、時子阿姨和媽媽小時候的事。她還告訴我朝東的那兩間房間一間是工作室，一間是寢室。客廳兼用來開會討論公事，有時也想邀請朋友來家中聚會，所以至少需要這麼多個房間。

時子阿姨說她離婚時決定，無論日後繼續單身或再婚，都要買下屬於自己的房子。

「時子阿姨，妳真是豁出去了耶。就算這間房子便宜了一點，房貸跟租金還是不能比吧，貸款壓力是不是很大？」

「沒有啊，我一口氣用現金付清了。」

「欸？」

時子阿姨得意地揚起嘴角。

「我可是很努力存錢的喔。一方面也是決定要自己接案，所以最好不要貸款。我希望自己可以過一個人沒問題，超過兩個人也沒問題，不管事情如何變化都能承受的生活。因為眼前的狀態不可能永遠持續，無論變好或變壞都一樣，自己和身邊的人都可能改變。」

手指夾著她黑白交錯的髮絲，我想著時子阿姨過往不抗拒也不逃避，無論什麼事都接受的每一天。為了買下這座城堡，涓滴節省，拚命工作的時子阿姨。

「錢很好喔，我最愛錢了。錢能讓我自由，有勞動就有收入，這真是值得感恩的事。遠古時代人們只能以物易物，可是每樣東西的價值對每個人來說又不一樣。」

「所以妳才說自己的興趣是存錢啊？我還以為時子阿姨是個小氣鬼呢。」

我半開玩笑這麼一說，時子阿姨噗哧出聲。

「是啦，說興趣是存錢是開玩笑。不過我可不是小氣鬼喔，我是只買自己真正想要的東西。」

我不經意地想起在夏日祭典上買剉冰的事。對怕冷身體又容易虛寒的時子阿姨來說，三百圓的剉冰一點也不便宜。可是，工作用的電腦及軟體，客廳裡用來放鬆身心的沙發，還有這間房子，無論看在世人眼中多昂貴，對她而言都是合理價格。因為這是她真正想要的東西。

「對了，為什麼妳這麼堅持買朝西的房子啊？」

聽了我的疑問，時子阿姨「喔」一聲，露出溫柔的表情。

「以前結婚的時候，也是住在類似這樣的公寓裡。那是前夫選的房子，他說朝西的房子好。離婚之後，我暫時回朝南的娘家住，才察覺朝西的房子真的很好。午後陽光充分照進屋內，冬天很溫暖喔。再說，客廳朝西的話，房間就朝東啦，早上被太陽叫醒的感覺也很棒，白天又能在適當的光線下工作，很舒服的。以風水來說，東邊也是提升事業運的方位。」

的確，住宅情報誌上常看到「朝南採光絕佳！」之類的文字，那多半都是以客廳為主角來強調方位。以這間房子的格局來說，如果客廳朝南，工作室和寢室就要朝北了，風水的事我是不懂，現在這樣一定是時子阿姨認為最適合也最棒的格局。看到時子阿姨那柔和又豐富的表情就能明白，儘管也曾經歷許多痛苦難過的事，她一定也把曾經愛過的前夫和自己混在一起了。

「朝西啊，還有一個好處。」

只說到這裡，時子阿姨就閉上了嘴巴。

「是什麼？」

「等一下再告訴妳。」

時子阿姨賣起關子，話題一轉講起平常吃的東西。她說煮味噌湯時會自己削柴魚片，還會自己釀梅酒、做糠漬。這些事我都沒聽媽媽說過，或者應該說，我只是從來都沒關心過時子阿姨。

「其實今天美晴要來，我本來想煮午餐給妳吃的。只是最近工作太忙，連好好採買的時間都沒有，早上安排的一個會議又很可能拖過中午。不過，身為接案工作者，忙是好事啦。」

「既然這麼忙，怎麼不改天就好。」

「就因為又忙又累才想見妳啊。上次在羅多倫見面時，我不是說過下次也要拜託妳幫我剪頭髮嗎？外甥女真的實現夢想當上髮型師了，妳知道我有多開心嗎？讓美晴幫我剪頭髮的這天終於來臨。」

她說過要我剪頭髮嗎？可能有說吧。是啊，她有說。

明明不是想忘記的事卻忘記了。因為我不知道原來時子阿姨這麼把我放在心上。因為我只看過她的某一面，就擅自認定時子阿姨是怎樣的人。就像只看了一眼朝西的客廳夏天中午的樣子就完全否定時子阿姨這座城堡一樣。

剪完頭髮，吹乾之後，已經下午五點多了。

「美晴，吃過晚飯再走吧？我來煮，先一起去超市買東西吧！」

「嗯。不過，時子阿姨做菜時我也想一起做。」

時子阿姨咧嘴一笑，伸手拍了拍我的頭。這沒有言語的動作，傳遞了時子阿姨的喜悅。要是能讓時子阿姨露出這種表情，叫我來剪幾次頭髮，一起做幾次飯我都願意。不只戀愛，我一定是把喜歡的人……把時子阿姨和自己混在一起了。

我準備收拾東西時，時子阿姨走近窗邊。

「在那之前……」

時子阿姨邊說邊打開窗戶。

「過來這邊看看，這是對我來說買朝西屋最大的重點，也是我最堅持的一點。」

我把圍布和剪刀放在桌上，走到時子阿姨身邊，往外面看。

「哇……」

忍不住嘆息。

變成黑色剪影的城市街景鑲了一圈橘色的邊框，周圍散發黃色的光芒。中間不時有染成紅色的雲朵飄過，融入正產生漸層變化的藍色天空。朝宇宙延伸的藍紫轉變為深紫，最後混入深藍，色彩變得愈來愈濃重。

「只有朝西的房子，才能看到這景色喔。」

時子阿姨這麼說完，朝我轉身，手指著遠方笑了。

「我啊，買下的是這片天空。」

從這扇窗戶望出去時看到的天空。

我站在時子阿姨身邊說不出話，只能站在那裡。就在我默默看得著迷的當下，天空的顏色仍一刻不停地轉變。

白天除了熱還是熱的西方天空，在時間的帶領下，等到傍晚就會轉變為如此美麗的景色。

既然如此，也不用勉強自己遺忘，只要等待就好。我這麼決定。

胸口還殘留的痛，總有一天會轉變為能讓誰幸福的美好事物。就等到那時為止。

[第二片]

票

the words from
"MIKUJI"
under the tree

聽到女兒說「好臭」時，我心想這天終於來了。說到青春期的女兒，最典型的莫過於「抱怨爸爸好臭」。打從彩希出生那天起，不、從知道美惠子肚子裡懷的是女兒那瞬間起，我就做好心理準備了。

今天難得早點下班回家，一家三口一起吃晚餐。從已經坐在餐桌旁的彩希身邊走過時，就聽到她丟出這句。儘管身體一震，我臉上仍裝作若無其事的樣子，拉開椅子。

襪子早就脫掉了，西裝也噴過除臭噴霧掛在寢室裡，身上應該沒有中午去快餐店吃飯時沾上的油煙味才對。吃過東西也沒忘了吞一顆口氣芳香錠。如果與這些都無關的話，唯一的可能就是我不想承認的老人臭了。

美惠子告訴我「可能懷孕」時，我已經四十歲，美惠子三十八歲。老實說，原本已經覺得就這樣夫妻兩人相守一輩子也沒關係了。然而，不知不覺中獨生女彩希揹起了小學生書包，一轉眼又穿上西式制服外套，回過神來，她都已經國二了。

「媽，這個好臭喔。」

彩希皺眉指著桌上的小碟子。正用托盤端上味噌湯碗的美惠子說：「這點味道忍耐一下，那是爸爸最愛吃的東西啊。」

原來她嫌臭的是這個啊。納豆泡菜。

鬆了的一口氣忍住沒有呼出口，我和彩希一樣皺起眉頭。

「別抱怨了，妳也吃點，這對身體很好的。」

「無法無法無法無法無法。」

她像唸咒一樣拒絕。我默默把小碟子拉到自己面前。

放好味噌湯的美惠子正要坐下來，她的手機就響了。

「啊、是店裡打來的電話，你們先吃！」

美惠子匆匆起身。喂、我是，喔！耳環明天會交件。咦？別針存貨也不夠了嗎？那我今晚做幾個起來……高亢的聲音消失在房間裡。幾個月前，美惠子打工的手工藝品店拿了幾個她親手做的飾品在店裡賣，結果大受好評。於是，美惠子接起了店裡的訂單，開始製作商品。她原本就是性格開朗的女人，最近整個人更是神采奕奕。我一邊在心裡嘟噥「受歡迎的手工藝品作家還真忙呢」，一邊喝起味噌湯。

餐桌上安靜下來，只剩我和彩希面對面，氣氛莫名尷尬。

「……是說，怎麼樣了？」
「什麼怎麼樣？」
彩希睜大眼睛看我，我不中用地退縮了。只能勉強把話說下去：
「就是學校啊，最近怎麼樣了？」
「沒怎樣，很普通。」
很普通。普通是怎樣啊？沉默再次降臨，只有我啃小黃瓜的聲音在空氣中迴盪。這時，彩希彷彿下定決心似的開口：
「那個啊……」
「嗯？」
我往前探身，什麼事？想跟爸爸商量什麼，我都奉陪！
「可以開電視嗎？」
「……喔。」
彩希操作起遙控器，轉到播放綜藝節目的頻道。電視傳出當紅搞笑藝人講笑話的聲音，伴隨著眾多明星嘈雜的笑聲。彩希也發出呵呵輕笑。我覺得鬆了一口氣的自己好沒用，只能猛扒小碟子裡的菜。察覺彩希露出嫌惡的表情，我滿不在乎地把納豆泡菜全部倒在白飯上。

講完電話的美惠子回到桌邊，客廳彷彿溫度瞬間升高。「小達他啊……」彩希和美惠子似乎聊起跟朋友有關的事，但聽名字是我不認識的人，也無法加入對話。眼神轉向毫無興趣的電視，耳朵仍不經意繼續聽她們聊，原來不是朋友，是彩希喜歡的偶像團體「立方體」的事。對於這話題我更是什麼都不懂，根本插不上嘴。

兩個女人吵吵鬧鬧聊著天，我繼續默默吃納豆泡菜。這很好吃喔，彩希，就是這個臭臭的味道最讚了。

這天，我代替正在出差的部長到遠離市區的客戶那裡開會。

我在一間小玻璃製造商當業務。這間初次造訪的小鎮工廠與離我家最近的車站只有一站之隔，位於安靜的住宅區角落。雖然比公司近多了，我對這附近卻一點也不熟。

回程，前往車站的路上，一棟拉下鐵門的商辦混合大樓吸引了我的目光。鐵門上貼著「店鋪招租」的紙條，貼在四個角落的膠帶，有一片鬆脫了。

我一時興起，用手指把鬆脫的膠帶壓回鐵門。這間店鋪原本好像是租給賣玩具的吧，鐵門上隱約還能看見褪色的「木下模型」字樣。

商辦混合大樓旁有一條窄巷，巷子那一頭看得見一座鳥居，好像有間神社。

沒什麼非急著去做不可的工作，我也沒想太多，邁步就往神社方向走。我雖然不是虔誠的信徒，反正去神社又不用錢。

是間雖然不大但給人舒服感覺的神社。參拜道旁種的樹整理得很漂亮，地上沒有任何垃圾。可能因為地處偏僻，原本就沒什麼人來吧。

我站在參拜殿前，把零錢丟進油錢箱，搖響鈴鐺。

希望能和彩希好好相處。

雙手合十，如此祈求。

轉身背對參拜殿時，發現視野角落有什麼動了一動。

是隻貓。一棵生有綠葉的大樹下，擺了一張紅色長椅。那隻黑貓就蹲踞在上面。貓緊盯著我看，看到我停下來看牠，似乎咧嘴一笑。

不會吧，貓怎麼會笑？我自己都覺得這念頭可笑，正想離開時，貓忽然跳下長椅，對我舉起一隻手。我忍不住「欸？」了一聲。不、說舉起一隻手也怪，應該是左前腳才對。沒記錯的話，招財貓擺出的就是這種姿勢。不過，這還是第一次看到活生生的貓這麼做。出乎意料的發展令我愣在原地，貓的臉依然面對我，就這麼逕自朝樹下走去，像是在說「過來這邊」，我踉踉蹌蹌地跟過去。

原以為是隻黑貓，仔細看才發現肚子和腳的前端都是白色。臉上也從額頭到下巴拉出一道山形的白色花紋。貓繞著大樹輕巧奔跑起來，屁股上還有個白色斑點，形狀就像星星。

這是什麼樹啊？我抬頭仰望，看到葉片背面似乎寫著字。「想成為YouTuber」、「想瘦下來」等等。與其說是寫，或許應該說是刻上去的。我還想看其他葉片上寫什麼，伸長了手去抓時，貓猛地加快速度繞起樹幹跑。

「你、你幹嘛、怎麼了？」

不理會驚訝的我，貓又突然停下腳步。左前腳「咚」地往樹上一擱。於是，一片樹葉翩翩掉落。

貓與我四目相接，歪了歪頭。我小心翼翼撿起葉子，鋸齒狀的葉緣刺痛手指。翻過背面一看，我也歪了歪頭。

票？什麼意思？是指門票嗎？

「喂、這是……」

一邊問，一邊心想跟貓說話也太可笑。抬頭一看，貓早已跑遠了。追上也不能怎樣，我就在長椅上坐了下來，仔細端詳那片葉子。

這時，一位穿著藍色工作服的中年男人經過。從他手上只提著一個塑膠袋，一派輕鬆的模樣看來，應該是這間神社的神職人員吧。發現我坐在這裡，男人就瞇起眼睛說「你好」。我開口問：

「請問……」

「是。」

「這間神社有養貓嗎？」

「沒有。」

這位微胖的神職人員笑咪咪地回答。儘管嘴上說的是「沒有」，臉上卻是一副對一切瞭然於心的表情。

「看來您拿到神籤的葉子了呢。」

「神籤？是指那隻貓嗎？」

「是啊。能遇到神籤，您運氣真好。這是大葉冬青樹的葉子，上面寫的是神諭，請好好珍藏喔。」

「神諭？所謂『票』就是神要對我說的話嗎？」

我站起來，提著塑膠袋的神職人員卻說：

「哎呀呀，肉包要涼掉了。不好意思，我趕著先走，告辭了。」

神職人員快步離去，我愣在原地，目送那圓滾滾的背影離開。

貓也好，葉子也好，神職人員也好，整體來說全都散發一股奇妙的氛圍。回到公司工作了一會兒，我就把這件事忘記了。以後大概也不會再去那間神社了吧。

十點多回到家，彩希一如往常待在自己房間裡。美惠子坐在沙發上看電視劇，餐桌上有為我準備的晚餐。和平常沒兩樣。

「我幫你熱味噌湯吧。」

節目一進廣告，美惠子就站起來。我換上家居服回到餐桌邊時，彩希磨蹭著從房間出來。

「……你回來啦。」

「嗯。」

以為她是出來拿零食吃的，彩希卻隔著桌子站在面前不動，一臉欲言又止的樣子，還不時求助般的對美惠子使眼色。

「什麼事？」

我心生警戒，美惠子從餐桌對面的廚房裡對彩希說：

「自己好好跟爸爸講。」

彩希吞了一口口水，我也跟著吞了一口口水。

是想要零用錢嗎？還是……難道交男朋友了？我心臟怦怦跳，彩希總算開口：

「那個，智慧型手機……」

什麼嘛，原來是這件事。答案早就決定了。

「不行。我不是說過還太早嗎？妳也答應過我，會忍耐到上高中啊。」

「不是啦，聽我說……」

「大家都有買什麼的，這種說詞我已經聽膩了喔。在我們家就是不行。」

不是那樣啦。彩希搖著頭，看似就要哭起來。要是我現在答應她，女兒或許會願意對我敞開一點心房。可是，即使如此還是不行。國中生不需要拿什麼智慧型手機。新聞不是常報導小孩子之間因為智慧型手機起糾紛，釀成嚴重事件嗎。我可不能讓彩希面臨那種危險。就算被說是頑固老爸而討厭我也一樣。

「……爸爸的智慧型手機，可不可以借我用？」

「借用？為什麼？」

彩希用顫抖的聲音說：

「因為我想抽票，拜託你了。」

票。

我差點忘了呼吸。彩希紅著臉，開始說明緣由。

簡單總結彩希的話，大概是這麼回事。她從兩年前開始迷上偶像團體「立方體」，但沒有加入歌迷俱樂部，也因為沒有錢，專輯都用租的，從來沒買過。一般來說，這類偶像團體演唱會的門票，幾乎都落入歌迷俱樂部會員手中，就算開放一般販售，也得當天打電話搶票。面對這種先搶先贏的方式，彩希幾乎沒有打通過，票每次都在兩分鐘內賣光。

然而，這次新單曲CD的初回版本，每一張都附有一個序號，可以拿序號參加抽獎，抽中就能得到兩張演唱會門票。單曲CD的價錢便宜，彩希靠零用錢就買得起，她自己也想賭這個機會。問題是，參加抽獎需要有電子郵件帳號，因為抽獎結果會寄到電子郵件信箱。

「用妳媽的手機參加抽獎不行嗎？」

「我的不是智慧型手機啊。」

不知何時回到沙發邊的美惠子這麼說，雙眼緊盯著電視劇不放。彩希說抽獎辦法中規定不能用非智慧型手機和電腦申請，只限用智慧型手機參加。這是什麼莫名其妙的系統。

「抽到的話就是兩張票，妳要跟誰去？」

「抽到的話，我再找朋友一起去。立方體的歌迷很多。」

「兩個國中生自己去？看完很晚了吧？」

「……那不然，跟媽媽去。」

彩希望向美惠子。美惠子握拳說：「咦？我也可以去看立方體的演唱會嗎？賺到了耶♪」看我仍不答應，彩希忽然用憤怒的口吻說：

「你要是不借我，就買智慧型手機給我啊！」

拜託別人還惱羞成怒，搞什麼。我語氣也硬了起來：

「連會不會抽中都還不知道，光為了抽獎就要買智慧型手機？妳以為一支手機多少錢？加入歌迷俱樂部還比較便宜吧。」

「這意思是我可以加入嗎？加入需要監護人同意喔。」

我被堵得說不出話。沒錯，禁止她加入歌迷俱樂部的就是我本人。彩希不高興地嘟起嘴巴。

「爸爸對我什麼都說不行不行不行，不分青紅皂白全都不行。只是抽演唱會的票有什麼關係？」
票……票是嗎？我猶豫了一瞬間，下定決心豁出去。
「……好吧，就借妳。」
「咦？」
「可以啊，用我的智慧型手機幫妳申請抽獎。把那什麼序號的拿給我看。」
彩希睜大雙眼，臉紅得像蘋果。
「等、等一下喔。」
彩希急忙跑回自己房間。電視劇好像看完了，美惠子跑過來挖苦我：
「你怎麼忽然妥協啦，耕介？」
猶豫了一下，我從西裝口袋裡拿出那片葉子。
「不知為何，今天在神社裡，有隻貓給了我這個。」
「貓？」
美惠子瞪大眼睛接過葉子。
「上面不是寫著『票』嗎？據說那是給我的神諭。我一開始也一頭霧水，結果一回來彩希就說什麼抽票，我才想大概是指這個。」

「啥？」

「要不然未免太巧合了吧？拿到這片葉子的日子，彩希就說了跟票相關的事。」

美惠子凝視那片葉子。

「呃……你說誰給你葉子的？」

「我不是說了嗎？是一隻貓，神社的貓。屁股上有星星圖案，還會衝著人笑。」

「你沒事吧？」

一邊把葉子還給我，美惠子一邊嚴肅地說：

「上面什麼都沒寫喔。」

「咦？妳看，這裡不是有……」

「啊、預告開始了，你安靜點。」

難道只有我看得見嗎？怎麼可能有這種事。

輸給神職人員的肉包，也輸給美惠子的電視劇預告，彩希來到這樣的我身邊，臉上堆滿了笑。看到這個，我彷彿得到救贖。雖然不懂到底怎麼回事，只要這麼做，我的願望一定會實現。我拿出智慧型手機。

意思就是需要QR碼不能只拿螢幕擷圖不是爸爸的智慧型手機就進不去啦！

彩希在說什麼，我完全聽不懂，感覺就像外星人在我眼前哭叫。

申請演唱會門票的抽獎兩星期後，我收到了中獎通知。連內容都沒看仔細，一跟彩希說抽中了，她就欣喜若狂。可是，仔細一讀寄來的中獎通知後，彩希卻又慌亂起來。雖然她已經用不知所措的語氣跟我說明過了，但我完全聽不懂。漸漸地，彩希愈來愈激動，最後就用尖銳的聲音哭喊起來。

找來美惠子仔細問清楚，我才知道彩希外星人說的是：

「意思就是說，入場需要掃QR碼，拿螢幕擷圖也不行，必須帶著爸爸的手機，否則無法入場。」

好像是這麼一回事。據說是數位入場券的規則，智慧型手機本身就是門票。

換句話說，不拿中獎的那支智慧型手機就無法入場。通知中獎的電子郵件裡有個網址，連上網址後取得QR碼，進入會場時，工作人員會用機器掃智慧型手機上的QR碼，藉以核對入場的是不是中獎者本人。申請抽獎的時候，姓名、性別和年齡我都老實打上去了。

對習慣這種方式的人來說，這或許是理所當然的做法。然而，無論是夢想著參加演唱會的彩希，或是近三十年來沒看過演唱會的我和美惠子，對我們一家人來說，這完全是未知的領域。我們三人都以為只要抽中了，主辦單位就會寄兩張紙本門票來家裡。

「什麼東西都要數位化，結果反而不方便。」

「這麼做好像是為了防止轉賣。」

美惠子低聲解釋。雖然用的是非智慧型手機，她仍努力上網查了數位入場券到底是怎麼一回事。

「轉賣？」

「比方說立方體的演唱會門票，原價雖然只要八千圓，但有人轉手就用十萬圓賣掉。」

「意思是說，現在我的智慧型手機可以賣十萬？」

我只是想開個小玩笑，彩希卻氣得跺地大罵：

「就是有你這種人，事情才會變得這麼麻煩啦！」

凶巴巴地抓起一張面紙，彩希發出聲音擤鼻子後，猛地抬起頭。

「媽，不然妳假扮成爸爸好了。只要進場時裝成男人，身分證也帶沒有大頭照的健保卡就行。戴上帽子和眼鏡口罩，一定不會被認出來。」

「什麼什麼，怎麼好像很好玩？」

美惠子笑出來，我倒是急了。

「等等，意思是說得把爸爸的手機交給媽媽？」

「是啊，有什麼問題嗎？」

「有什麼問題嗎？」

連美惠子也嘻笑著看我。雖然沒做什麼不可告人的事，我還是不想把自己的手機交給別人。嘆口氣，這麼回答：

「……我知道了。」

「你願意借我們手機了？」

彩希高興得跳起來。

「不、不是借。是我去。」

「咦？」

「我跟彩希兩個人去，去看立方體的演唱會。」

播放著流行J-POP的店內光線明亮得可笑。擺放最新發行專輯的架子旁有個小小的螢幕，半裸的女孩子活力十足地在裡面跳著舞。聽說是去年舉行的演唱會DVD。

我東張西望找尋目標CD。正好看到一位身穿黑色圍裙，正在牆上貼海報的男店員，就問對方：

「不好意思，請問一下……」

「是。」

店員轉過頭來。後頸的頭髮明明剃得很俐落，額前的瀏海卻很長，緊身牛仔褲裡的雙腿也是。看上去頂多二十歲吧。別在胸口的名牌上寫著「田島」。

「我想找立……立方體的CD。」

我這年過五十的憔悴大叔，光是把這浮誇的偶像團體名稱說出口都嫌難為情，這位姓田島的青年卻只是笑笑點頭，那笑容令人如沐春風。

「是要找專輯嗎？」

「嗯、嗯。」

「您知道專輯名稱嗎？」

田島這麼問。他的皮膚光滑得教我懷疑是不是長不出鬍子。

「我不是很清楚耶，只是受女兒所託，我女兒她說什麼要去聽演唱會。」

「是喔，太好了耶，恭喜令嬡。聽說立方體的演唱會門票，就算加入歌迷俱樂部也很難買到，競爭相當激烈。我聽客人說，機率跟中樂透差不多了。」

田島一邊用親暱的語氣這麼說著，一邊引導我「這邊請」。是這樣喔？不過，也是啦，畢竟都有人用十萬圓轉賣了。

「他們最近開始巨蛋巡迴對吧，如果是這樣的話，應該是這張專輯。」

田島遞給我的CD封面上，有六個年輕男孩。所有人穿著同款不同色的T恤，圍著一個大大的骰子，臉上滿是笑容。

彩希最喜歡的成員是哪個來著？記得名字裡應該有「達」才對。六個男孩都長得毫無霸氣，分不出誰是誰。

「達……達什麼的是哪個？」

「小達是嗎？小達是穿綠色T恤，有虎牙的這個。葛原達彥。」

葛原達彥。外號小達。穿綠色T恤。有虎牙。好，我記住了。

「立方體很不錯呢，我也喜歡他們。」

「咦，是喔？你喜歡他們哪裡？」

「被這麼問我也不知道怎麼回答好，總覺得看著他們，自己就能打起精神。不全都是帥哥這點也很有趣。」

有趣嗎？這些長得像女孩子的年輕傢伙。田島指著小達說：

「個人認為小達就很自然，一般來說，明星不都會去矯正牙齒嗎？可是小達直接頂著虎牙打拚，這種理解自己魅力所在的地方也很酷。」

是喔，原來如此。田島的分析讓我聽得心服口服。

「可是，你加入這個團體也不會輸他們啊。」

「咦？我嗎？無法無法無法無法。我只是超級普通的平民啦，現在正在拚命找正職工作呢。那就先這樣喔。」

田島微微鞠躬便離開了。「無法無法無法無法」。他一定知道很多這類和彩希共通的語言。正在找工作的話，應該是大學生吧。

我望著田島的背影出神，又有其他客人上前提問，田島親切地回應對方。那是兩個穿制服的高中女生，從笑著互看對方的表情就知道，她們顯然對田島很有好感。

好好喔。我坦率地這麼想。

只要站在那裡就能吸引眾人靠近，田島天生散發一股溫柔的氛圍。無論是大叔還是年輕女生，對誰他都能一視同仁，親切相待。今天來的如果是彩希，一定也會和田島聊得很開心。

這和年輕就是本錢又有點不一樣。我也年輕過，但我年輕時，連一秒也不曾經歷田島這樣的時期。不記得泡沫經濟帶給我什麼好處，也沒見識過閃亮的舞廳鏡球。我一直是個不起眼的人，和女生連個招呼都沒好好打過。學生時代打工做的是時薪六百五十圓的送貨員。相較之下，田島就算成了大叔，一定也能維持瀟灑時髦，如果有了女兒，就會是那種和女兒開心談論偶像話題的明事理父親。

目光落在手中的CD封面上。彩希最喜歡的男孩。彩希最喜歡的小達。彩希已經被你俘虜了喔，明明連面都沒見過。

把CD塞在提包底部，我回到家。

美惠子好像在裡面的房間做飾品，隔著門聽見她對我說「回家啦」的聲音。

走到客廳一看，剛洗好澡的彩希正在看電視。坐在沙發上，用毛巾擦頭髮，專注得身體都向前傾了。她在看的是搞笑藝人主持的綜藝節目，立方體也出現在節目中。

一個瘦巴巴的男孩子與搞笑藝人一搭一唱。有虎牙。對了，他就是小達。搞笑藝人負責吐槽，小達負責裝傻。彩希發出「啊哈哈哈哈」的聲音大笑。

「……看著立方體，總覺得自己好像就能打起精神呢。」

我鬆開領帶，盡可能裝出自然的語氣，現學現賣了田島那裡聽來的話。彩希以誇張的動作轉身，睜圓雙眼。我繼續說：

「不只是帥哥這點也很有趣。」

「欸——？」

彩希低下頭，害羞地笑了。為什麼是妳害羞啊？

「爸爸，你認得出立方體的成員嗎？」

「喔、嗯，還可以啦。這個叫小達的不錯啊，故意不矯正牙齒，直接頂著虎牙打拚，該說他很自然嗎？」

「真假！」

彩希倏地站起來，一副要撲到我身上的樣子。但是，一聽到電視裡傳出小達的聲音，立刻又坐回去，眼睛緊盯螢幕。這種地方真的是跟美惠子一模一樣。等節目進了廣告，她才又朝我轉過來。

「爸爸也推小達啊，真沒想到，你滿有眼光的嘛。」

「是不是？」

雖然勉強克制，我還是無法不偷笑。知道必須和我一起去看演唱會時，彩希看上去明顯失望。那態度讓我很傷心，不過當晚睡前，她仍乖巧地對我低下頭說「演唱會的事，就麻煩爸爸了」。看到這一幕，我內心確信，這件事肯定能加深我們父女的牽絆，成為最棒的回憶，即使彩希長大成人，也會一再回想起來。

「小達很不錯吧？」

彩希發出嘆息，我附和著說「是啊」。手頭沒有更多情報了，所以我決定老實改成提問。

「小達幾歲啦？」

「十九歲。」

「真年輕。」

「可是他差不多十歲的時候就進入經紀公司，演藝資歷算很長了。」

喔喔，對話持續下去了。很好喔，感情好的父女之間就是這種氣氛。在我完全陷入飄飄然的情緒時，彩希忽然說：

「……好想跟他結婚。」

「啥？」

我大驚失色，朝彩希望去，只見她用手指纏繞著濕髮微笑。

「說、說什麼結婚啊妳……」

「我是認真的喔，跟小達結婚，是我的夢想。」

彩希說得簡直就像他們已經約定好了似的，嬌羞得把臉埋進毛巾。身上穿著睡衣的彩希，有著渾圓曲線的肩膀和白皙的後頸。一股無以名狀，不知該說是憤怒還是焦慮的情緒，黑煙一般從我心中升起。

「不行，在說什麼傻話啊？妳才國中耶！」

我的聲音大得超出自己想像，彩希從毛巾裡抬起頭，臉上倏地失去表情。

「結婚可不是這麼簡單的事，別隨便說出口。連見都沒見過的人，對方根本就不認識妳喔。就算去看演唱會，妳只不過是像山裡一顆小沙子般渺小的存在……」

彩希的表情愈來愈扭曲。撇著嘴角，默默起身。用力抓起毛巾，往自己房間跑去。這時，美惠子正好從房間走出來。

「吼——眼睛好酸澀。」

美惠子走進廚房，在馬克杯裡放入一個茶包。耳邊傳來彩希粗魯甩門的聲音。

「怎麼了？」

「誰知道！都是彩希那傢伙，說什麼要跟小達結婚！」

「什麼啊？真不敢相信。」

美惠子噗哧一笑。

「對不對？那傢伙真是個笨蛋。」

我還以為得了靠山，正安心想笑時，美惠子一邊朝杯中注入熱水一邊說：

「不是不是，我笑的是竟然把那種話當真還生氣的你。」

……什麼嘛，什麼意思？

她好像在說笨的人是我，我失望地抓起電視遙控器。美惠子哼著歌，端著杯子又回裡面房間去了。

我啪啦啪啦轉台，畫面上播出結婚情報誌的廣告，又給了我狠狠的一擊。身穿新娘禮服的年輕女演員飛過天空。我關掉電視。靜寂降臨，我孤單一人，像與全世界隔離。

那之後過了幾天，我和彩希之間持續尷尬氣氛。父親和女兒就算不說話，日子也不會過不下去。

演唱會就在明天了，我打算再去一次那間神社。那隻叫神籤的貓說不定會再給我一次神諭。硬是找了個藉口拜訪上次的小鎮工廠，回程特地穿過鳥居。

票。我已經做到這一步了。拿到演唱會的票，總覺得縮短了一些和彩希之間的距離。好不容易相處得還不錯，我又搞砸了。都是彩希不好，說什麼結婚。不、是我太幼稚了嗎？

所以再一次，再給我一次神諭。我該怎麼做，才能消除和彩希之間的疙瘩？

我走遍神社每個角落，不管怎麼找都沒看到貓。參拜的時候也試著用力搖鈴，神籤還是不出現。

坐在長椅上，望著神籤給的那片葉子時，神職人員又經過了。今天他沒提塑膠袋，而是抓著一把馬梯。

「不好意思……」

我從長椅上站起來叫住他，他還認得我，笑著說：「喔……」

「您好，上次您也來過吧？」

「請問……貓……能不能見見神籤？」

「能不能啊，我也不知道呢。您找神籤有什麼事嗎？」

「我按照上次獲得的神諭去做了，可是進行得不順利。想問問之後該怎麼辦才好。」

神職人員歪了歪頭，脖子發出「喀」的一聲。

「您真的完整了神諭嗎？」

「完整？」

是啊。神職人員溫和地點點頭。

「神諭是否在你心中好好成為屬於你的東西了呢？如果光會按照人家教的行動，只因沒獲得想要的結果就想再要求人家教新的，這樣就叫做怠惰。」

意見雖然嚴厲，卻不給人說教的感覺，反而覺得他說得很對。
「抱歉，社務所的燈泡壞了，我得快去修。」
神職人員扛起馬梯快步離開。今天打敗我的是燈泡嗎？

抵達車站，想穿過票口卻被擋下。這才想起乘車卡忘了加值，裡面錢不夠。
走向車票自動販賣機，塞進乘車卡和鈔票。不經意地，操控面板上的英文字吸引了我的視線。

TICKET。
車票。
……是啊，車票也是票。
我在恍惚中加了值，穿過票口。只有三三兩兩乘客的電車很快到站，我坐進面對面四人座的其中一個位子。窗外是不熟悉的景色，感覺像出門旅行。
從提包裡拿出CD隨身聽。這是差不多十五年前，公司尾牙時玩賓果大會抽中的獎品，我偶爾會拿出來用。放入新的乾電池，輕易就啟動了機器。真優秀。
要是機械文明停留在這種等級的時代就好了。智慧型手機性能再好，頂多用三年就要買新的替換。更嚴重的是，機械進化的速度太快，跟不上的我被遠遠拋下。

戴上耳機，坐我對面的高中男生像看到什麼稀奇事物般，瞥了CD隨身聽一眼。這些孩子大概無法想像身上帶著好幾片CD到處走的時代吧。不理會那毫不客氣的視線，我按下播放鍵。不用說，裡面放的是立方體的專輯。

票。車票。眺望窗外飛逝的陌生城鎮風景，我暗自思考。

一家人就像正好搭上同一班電車。起初搭同一班車，不知不覺到了轉乘的車站，子女就換搭別班車，朝不同地方前進了。明明原本一直坐在身邊，看著同樣的景色，一邊隨著車廂搖晃一邊聊天的啊。

可是，我自己不也是如此？時候到了，自然憑著自己的意願，搭上與父母不同的電車。隨後認識了美惠子，兩人搭上同一班車……接著是彩希搭上這班車。彩希也有彩希自己的車票。

從什麼時候開始的呢？不管彩希想做什麼我都說「不行」。或許我害怕的是彩希心中萌生的自我。我太擔心她離開這裡，去一個我看不到的地方。

然而，即使是親子也不可能永遠搭乘同一班電車。既然這樣，當車子開到轉乘站，孩子從位子上站起來時，父母能做的，就是好好相信她會搭上下一班車，懷著這種心情目送她下車。

地球因愛而轉動唷
這是妳告訴我的唷

立方體引吭高歌。副歌重複了好幾次這兩句歌詞，像是想強調什麼，句尾的「的唷」都會唱成「的．唷——！」

這是妳告訴我的．唷——

高中男生猛地抬起頭看我。原來我似乎下意識唱出口了。幸好這時電車碰巧停靠在轉乘站，我立刻起身下車。

回到家，美惠子正在捏飯糰。彩希大概在自己房間吧，味噌湯碗還倒扣在桌上。

「怎麼了？」

「彩希說她不吃晚餐，把自己關在房間裡。我想做點飯糰放著，她半夜或許會吃。」

「身體不舒服嗎？」

美惠子把飯糰放在盤子裡，蓋上保鮮膜。

「說她不去看演唱會了。」

「為什麼！」

果然還是不想跟我去嗎，是這麼回事嗎？焦躁與悲傷漸漸翻湧，美惠子卻淡淡接著說：

「聽說發現熱戀了。小達和合演連續劇的女明星日垣芽衣，就是芽芽啦，好像被週刊雜誌拍到牽手的照片。故意選演唱會前發行這種報導，也真是惡劣。小達和歌迷都好可憐。」

……什麼熱戀，手牽手而已就算熱戀嗎？

沒把美惠子的話聽到最後，我跑向彩希房間。房門關得緊緊，從內側上了鎖。

「喂、彩希，彩希！」

我砰砰敲門，沒有反應。

「讓她靜一靜吧。」

美惠子走過來，輕輕抓住我的手臂。我不理會，繼續敲門。

「妳這傢伙，不是要跟小達結婚嗎？彩希很可愛，比芽芽什麼的可愛多了！別認輸啊，不讓小達看看妳怎麼行呢！」

房間裡聽不到任何聲音，美惠子放開我的手，我大喊：

「妳的夢想就這樣算了嗎？真心想實現的話，即使得撂倒芽芽和爸爸，也該堅持到底！」

門把發出喀嚓一聲，房門打開了點，雙眼哭得紅腫的彩希探出頭。

「……」

「……」

彩希低著頭，站在那裡。我一看到她的臉，就什麼話都說不出來了。彼此面對面站著沉默不語，美惠子拿我們沒轍地說：

「要不要吃飯糰？鮪魚美乃滋口味喔。」

彩希大力點頭，走出房間。這時，她與我四目相接，嘴角微微上揚。明明只是這麼點小事，我的心卻瞬間亮起來。

好厲害啊，彩希。這麼快就把爸爸說的話聽進去了。爸爸我現在可是已經被妳的笑容摺倒，心情就像整個人衝進了花園。

吃完兩個飯糰，還把正常分量的晚餐也吃光光後，彩希就去洗澡了。她一進浴室，洗碗中的美惠子立刻隔著調理台說：

「我啊，決定了一件事。」

「嗯？」

朝她看過去，美惠子也用促狹的表情盯著我。

「要是有下輩子，我要當你的女兒。這樣你才會愛我愛得要死。」

怎麼這麼說嘛，聽起來好像我這輩子不愛美惠子一樣。雖然沒有說出口，我對美惠子也是有我的……看我什麼都說不出口，也不知道美惠子是怎麼想的，她只是咯咯笑著說：

「因為，從旁邊看你和彩希實在是很有趣嘛。不過，我這輩子當耕介的太太也很滿足啦。今後也請多多照顧嘍。」

「嘰噫」一聲扭緊水龍頭，美惠子點了點頭。

我才要請妳多多照顧呢。如果可以的話，希望我們兩人永遠搭在同一班電車上。

隔天，走出家門前美惠子說了聲「鏘～」，拿出兩條手環給我們。彩希發出歡呼，收下了手環。

「好厲害！六個成員的代表色都有耶！媽，這是妳做的？」

色彩繽紛的串珠手鍊上，還串進了小小的骰子吊飾。這麼說來，專輯封面也有顆大骰子。

「立方體的歌迷都暱稱自己是骰子，不是嗎？」

美惠子說著不知從哪找到的情報。原來如此，因為是六面立方體的緣故嗎？

「對對對，沒錯喔。不愧是媽媽，這手環超可愛的，一定會大賣！」

彩希開心得蹦蹦跳跳，也給了我一條。

「要拿去賣嗎？」

「才不是咧，要戴起來喔，跟我的一對。」

「咦？我戴嗎？這個？」

美惠子不由分說搶過手環，戴在我的手腕上。

「兩位骰子，完成～路上小心喔！」

站在會場入口，讓機器掃描智慧型手機顯示的QR碼，機器吐出兩張像收據一樣的紙。

「來，兩位請。」

從工作人員手中接過兩張紙，上面寫著座位號碼。我把其中一張交給彩希。和彩希一起，兩個人總算鬆了一口氣。別忘了帶手機，有沒有好好充電，別弄掉了喔，別弄濕了喔，別搞丟了喔……從出家門到抵達會場，彩希一路嘮叨個不停。我自己也很擔心手機會不會出什麼問題，到了會場會不會無法順利叫出QR碼。饒了我吧，怎麼會有對心臟這麼不好的門票。反倒是這張薄薄的紙，摸在手中真是無比安心。

我們的位子在看台區，從前面數來第二排。舞台位於遙遠的另一端，就算有人站在上面，我們也只能看到跟小指頭差不多大的身影。別說讓他看到自己了，能不能看清楚小達的臉都是個問題。

即使如此，走到一半就發現，原來我們的位子算很前面呢。環顧整個觀眾席，連三樓都坐了滿滿的人。

「噯、這裡有多少人啊？」

「至少五萬五千人……我去一下廁所。」

彩希扭扭捏捏地站起來。

「沒問題嗎？這裡這麼大，有五萬五千人耶，妳找得到路回來嗎？」

我這麼一說，彩希就停下動作，無奈地看著我說：

「有這張票就沒問題啦，我的位子只有爸爸旁邊這一個啊。」

我忽然頓悟。

這句話像風鈴一樣，在我心中發出甜蜜又清涼的聲音。總覺得，她剛對我說了非常重要的一句話。

我目送跨過我的大腿，一邊小聲道歉，一邊從其他觀眾前面穿出去的彩希。

定義為「彼此旁邊」的位子只有一個，這就是我們的位子。我們拿到的門票。沒問題，無論彩希在這廣大的世界如何自由行動，一旦需要的時候，她還是會好好回到這裡。

三十分鐘後，彩希回來了。「廁所人好多喔」，這麼說著坐下來。我正想跟她說「幸好趕在開場前回來」，彩希忽然把手伸過來。

「來，這給你。」

是手燈。往彩希臉上一看，只見她滿臉通紅。

「在場外看到周邊商品賣場時，心想如果排隊去買會來不及進場，我就放棄了。剛才發現場內也有賣手燈……這是我的謝禮。謝謝你，爸爸，謝謝你帶我來看立方體的演唱會。」

「……喔、喔。」

搞什麼，沒錢的人還這麼客氣。我咬緊牙根，強忍差點奪眶而出的淚水。彩希的「謝禮」，按下開關後發出六色光芒。

不一會兒，舞台上的燈光暗下，會場內爆發一陣尖叫與歡呼。要開演了。震耳欲聾的前奏，立方體成員隨打亮的燈光出現，開始演唱。

地球因愛而轉動唷
這是妳告訴我的唷

也不知道是誰決定的，唱到「的·唷——！」時，大家都會舉起拿手燈的右手，這似乎是個不成文的默契。我也學周圍的人一邊唱歌一邊揮舞手燈。彩希睜大眼睛看我，似乎在說「你怎麼會唱」。我得意起來，高舉拿著手燈的手。配合身旁彩希的歌聲。

小達現在十九歲。

我十九歲的時候在幹嘛？

大概什麼都沒想吧。舞台上這些孩子們，從小學時代就進入莫名其妙的大人之中，接受唱歌和跳舞的特訓。並且，在眾多人選中脫穎而出，生存下來……肯定也曾經歷許多討厭的事，他們卻像這樣笑著，無畏無懼，理所當然地帶給眾人歡樂。真專業。

厲害啊，小達。太強了，立方體。

接連演出了幾首歌後，中間夾一段閒聊時間，他們換上別套衣服，揮灑著汗水繼續唱歌跳舞。映在巨大螢幕上的小達，帥氣得連我看了都心頭小鹿亂撞。一開始看的是大螢幕，後來覺得就算遠了點，要是不看本人未免太可惜。於是從中場開始，我決定就算身影再小，視線也要緊跟著小達本人。不然，只看大螢幕跟看電視有什麼兩樣。對了，演唱會DVD，每次都會出DVD不是嗎？這次換爸爸送彩希禮物了。就當是今天的謝禮。

換了一首歌，成員們分別搭上小小的移動舞台（彩希說那叫行動舞台車）。

「哇啊，要過來了！」

彩希放聲大喊。行動舞台車開始緩緩繞行搖滾區與看台區。

「等、等一下，要從我們前面經過了啦。好近好近好近，可能會對上眼睛！」

彩希激動得搖頭晃腦。就算近是能有多近。這裡有這麼多觀眾，站在舞台上的他們無法辨識底下每個人的長相吧。

話雖如此，原本以為他們會一直待在主舞台，沒想到會來到看得清臉的距離，總算不枉費來這一趟。閃閃發光的行動舞台車靠近，小達朝四面八方揮手，身影愈來愈大。

終於，小達搭的那輛行動舞台車，從我們面前經過了。

喔？

……我和小達，四目相接。

咦？我？剛才跟他對上眼睛了吧？對方也露出「喔？」的表情。

小……

「小達。小達——！小——達——！」

我用盡力氣大喊，拚命揮手。只是那麼短短一瞬間，小達咧嘴一笑，指了指我和彩希，再朝這邊揮手。我沒看錯，絕對是這樣。

呀啊啊啊啊。彩希發出哀號。小達轉眼遠離，繼續對其他歌迷揮手。

露出虎牙與亮晶晶的笑容，揮灑汗水散播愛——

「所以說，多虧有爸爸，小達才會看我們這邊！」

「……爸，這句話你說七次了。」

回程電車上，與彩希並肩而坐，我始終陷在看完演唱會的熱烈興奮中。混在一群年輕女孩子裡，像我這樣的大叔可能很醒目吧。這點派上了用場，讓我們得到「Fan-ser」。所謂的「Fan-ser」，就是「Fan service❷」的簡稱。我已經記住了。情緒不斷高漲，真想快點回家講給美惠子聽。

「給妳媽買點什麼回家當伴手禮吧，冰淇淋之類的？」

我這麼一說，彩希就笑著回：「欸？」

「媽媽今天高高興興地說她要跟朋友去喝兩杯不是嗎？搞不好還沒回到家呢。」

「……對喔。」

好吧，算了。我裝作不在意的樣子，重新蹺起二郎腿。彩希靜靜地靠上椅背。

「啊，話說回來小達真的存在，終於見到他了……」

露出陶醉神情，閉起的眼角閃著淚光。

是啊，就是說啊。彩希，妳一定很高興吧。抱歉，爸爸之前說了「明明見都沒見過」那種話。明明以前也曾跟妳一樣，自己卻都忘記了。知道媽媽肚子裡有了妳時，我真的好期待好期待見到妳。明明還沒見到妳，就已經好愛妳了。

電車搖搖晃晃，運送著我們回家。

彩希睡著了，頭靠在我肩膀上。

趁現在，再一下就好，再一下就好，讓我承受這愛的重量。

煞車發出宛如暗號的「嘰噫」聲，電車停了下來。彩希睜開眼。

我們手上戴著成對的手環，骰子輕輕搖擺。

❷ 演唱會中歌手給特定觀眾的福利，例如揮手、眨眼等。

[第三片]

點

the words from
"MIKUJI"
under the tree

人之所以會用兩隻腳走路，是因為有想要的東西喔。龍三哥說。

原本用四隻腳爬的人類祖先，為了想要的食物伸出前腳，前腳進化為手，人類才變成用兩隻腳走路。他這麼說。

所以啊，慎。欲望可以把不可能化為可能喔，你也該想要更多東西才好。這樣的話，就能比現在做得到更多事。

口沫橫飛的龍三哥熱情發表這番演說時，坐在他身旁的我，思考著現在自己想要的是什麼。

意外地，很快就得出了答案。不過，要是告訴龍三哥，可能換來一頓說教，所以我默不吭聲。

我想要的東西。

我想要的就是「想要的東西」。

「我是S大學經濟學部的田島慎，請多多指教。」

這段自我介紹已經不知道重複過幾次。托著腮的面試官朝履歷表和我的臉分別投以一瞥，臉上表情寫著他看過太多和我類似的學生，已經看膩了。

應徵動機也好，自我推薦也好，不管應徵哪間公司都回答一樣的內容，我已經不太緊張了。膩了的人或許是我自己也說不定。金融業、製造業、出版業、IT產業、保險業……從所有錄用應屆畢業生的企業中一間一間找，一間一間投履歷，已經投幾間了呢？現在這間差不多是第二十間吧。應該是。參加了這麼多場企業說明會，歷經這麼多間公司面試後，我開始覺得哪裡都一樣。只要上網搜尋，相關資訊要多少有多少，反過來說，資訊多到不知道哪些才重要了。

今天面試這間……呃、是什麼來著？對了，是印刷公司。四人一組的群組面試，我坐最旁邊的位子。要當第一棒回答問題很吃力。

被問到做什麼打工時，我回答「唱片行店員」，三個面試官中，坐在正中間那個打條紋領帶的笑了笑：

「是喔？有客人上門嗎？」

「是啊，還是有的。」

我也笑著回應。面試官問這個問題並非想了解有關我的事，單純只想知道逐漸被時代淘汰的唱片行未來將何去何從罷了。這時要是能打開這個話題，或許多少能為自己做一點宣傳，我卻沒有再說什麼，緊緊閉上嘴巴。

就職活動對我而言，是第一次「面臨選擇」的體驗。自己選擇應徵哪間公司，也必須被應徵的公司選擇。

在這之前，我過著任何事都有人幫我決定，只要隨波逐流就好的人生。小學五年級時，母親帶回一所私立中學的簡介手冊，說「這間學校最適合小慎」。我沒有意見，接受安排上補習班考私校，也就這麼入學了。那是一間偏差值不怎麼高，只要稍微念點書，規矩好一點，多出一點學費，就能從國中一路直升大學的學校。

大學讀的科系，也在父親一句「各種職業都適用」下進了經濟學部，雖然沒覺得慶幸，但也沒有後悔過。打工也一樣。一年前，朋友臨時辭去打工，對方要他找人接替，他就來拜託我說：「慎，你能不能去做？」反正我沒其他想做的事，又不討厭在唱片行工作，就接受了，然後一路做到現在。

要是畢業後的工作也能像這樣由誰幫我決定就好了。好的，田島慎同學，你從四月開始就待在這裡。要是能來個人這樣幫我準備好適合又不錯的地方就好了。之後的事姑且不提，這或許就是我現在想要的東西。

知道我只會露出不置可否的微笑後，面試官轉向旁邊的學生提問。到此結束。接下來我只能掛著輕薄的笑容，和折疊椅合而為一，僵硬得如同一尊石像。

……期待今後您在社會上一顯身手。

打工休息時間，收到這封「期待信」，意思就是不錄取。話雖如此，我也沒有太沮喪，早就猜到大概會是這樣了。在我進來之前，不知道誰吃了泡麵，辦公室裡瀰漫著那股氣味。

關掉信箱，拿出來路上買的SUBWAY潛艇堡。正在吃的時候，辦公室門被人用力撞開。

「喔，辛苦了！」

龍三哥提著塑膠袋進來。一雙有點開的小眼睛看到我就笑得瞇起來，厚厚的嘴唇朝莫名所以的方向撇。

話說回來，他這顆爆炸頭還真是驚人。一年前第一次見到他時，我還以為是燙壞了，後來才知道，這好像是自然捲加上睡覺時亂翹沒梳好的結果。牛仔褲的膝蓋破洞不是為了追求時尚，而是因為他只有這一百零一條，穿久就破爛了。一坐在椅子上蹺起二郎腿，就能看到腳上那雙已經無法辨識原本顏色的球鞋破洞。

「我今天的午餐很不得了喔！」

龍三哥從塑膠袋裡拿出燒肉便當和兩條海苔壽司捲。他中午多半吃各種家常麵包，相較之下今天的確實豪華。拿起一條壽司捲，龍三哥問我：

「慎也來一條？」

「不，不用了。」

貼紙上顯示的賞味期限是前天。除了唱片行，龍三哥還兼了好幾份打工，其中之一就是便利商店。二十五歲還在當打工仔的他，營養來源幾乎都靠便利商店賣剩準備丟掉的食品。龍三哥一邊夾燒肉一邊操作手機，打開影片網站後對我說：

「上星期的演唱會，有人上傳了喔。」

別看他這副德性，其實組了個業餘搖滾樂團。四個成員都是男生，龍三哥負責彈電吉他。聽說曲子幾乎都是他寫的。我不是特別喜歡搖滾樂，只是第一次一起值班那天，他就拜託我買下他們演唱會的門票，我拒絕不了只好去看。其他店員總是能巧妙推辭，大家都有點同情我。

沒想到去了之後大吃一驚。彈吉他時的龍三哥閃閃發光，判若兩人。龍三哥擁抱吉他彈奏，時而晃動身體，時而蹦蹦跳跳，像在跳舞似的。看在我眼裡，彷彿連吉他都有了生命，那甜蜜又帶有強烈熱情的音色，甚至使我有輕微觸電的感覺。

站在舞台上的龍三哥看起來之所以輪廓那麼鮮明，不只是因為燈光的關係。我總覺得，龍三哥真的擁有非常厲害的才華。

演唱會後，我把感想老實告訴他，龍三哥突然一把抱住我，大喊「知己啊！」連大腿都纏上來了，害我有點退縮。不過，那之後我每次都會去看龍三哥的演唱會。而且真要說的話，都是出於自己的意願。

「這次也謝謝你來啊。幫我問候你女朋友，她是叫愛梨嗎？」

「喔，我跟她已經結束了。」

是喔？龍三哥伸長脖子，做出誇張的驚訝表情。和愛梨就是在看完龍三哥樂團演唱會的回家路上分手的。

「為什麼？」

「我也不知道，就被甩了。」

「……欸，是喔。還以為你們感情很好。」

我再度露出不置可否的笑容。感情很好。沒吵過架，我也連一次都沒有反駁過她，忠實遵守所有她拜託的事。可是，不只愛梨，不知為何，我老是被甩的一方。每次都是女生主動向我告白，我接受了，開始交往，交往到一定程度，女生就會離開我。

「我們好像不適合。」都是這類莫名其妙的理由。也曾有人說過：「你長相是我喜歡的型，也很好聊，可是交往之後才發現跟原本想的不一樣。」我心想「關我屁事」，可是無法發怒。簡單來說，那表示我這人很無趣吧。

影片網站上的龍三哥，彈起吉他像在跟吉他玩耍。男主唱的臉長得俊俏多了，龍三哥的存在感卻完全搶走他的風采。

「會彈吉他真好。」

我喃喃低語。

「你對吉他有興趣？」

龍三哥從便當裡抬起頭，我雖然回答了「對」，其實一半是真一半是假。我並不想彈吉他，只是覺得如果能有一件讓自己熱衷投入的事一定很快樂。

「那要不要來我家看看？我有一把民謠吉他可以借你。」

糟了。龍三哥的眼神開始發光。

「欸……那樣不好意思啦。」

「不會、不會！感興趣的時候就是開始的時候，打鐵要趁熱。」

不、這又不是打鐵。我還在想藉口拒絕，龍三哥已經從電話旁撕下一張筆記紙，拿原子筆畫起他家附近的地圖了。

我和龍三哥都休假的兩天後下午，我在離打工地點兩站的地方下車。龍三哥畫的地圖，無論地標或距離都無懈可擊，我比預期還早抵達他住的公寓。早了三十分鐘，實在不好意思按電鈴。

這一帶是徹底的住宅區，看起來沒有任何能打發時間的店。我環顧四周，迎面走來一個老爺爺。

有著兩道亂眉的老爺爺站在一棟看似隨時可能倒掉的商辦混合大樓前，雙手交握身後，挺直背脊。大樓一樓拉下鐵門，原本應該是做什麼生意的店家吧，朝外突出的招牌上隱約看得出飛機圖案。髒兮兮的鐵門上，貼著一張彷彿一百年前就貼在那的紙條，上面寫著「店鋪招租」。老爺爺一直盯著那幾個字看，站在大樓前不動。

他可能很閒吧。我心想。隨興散步到這邊，剛好看到這棟大樓，自己就陷入了沉思。他大概每天都過著這樣緩慢悠哉的日子。都這把年紀的老爺爺了，對人生所有選擇題早已做出選擇，已經什麼都不用再決定了吧。肯定是這樣的。

我接下來得決定一間能讓我持續工作的公司，決定結婚對象，決定住哪裡，有了小孩就要決定小孩的名字，之後還要決定小孩的升學就業方向……唉，光想就覺得快瘋了，這麼多重要的事竟然都要交給我決定。

這位老爺爺現在必須決定的事，頂多是早上起床後要去哪裡散步吧。把該做的事都做完了，只要輕鬆享受餘生就好。真羨慕他，我也好想快點過這樣的生活。

不經意朝公寓和商辦混合大樓中間望去，發現有條細細的巷子。看得到巷子另一端有座鳥居，原來是神社啊。距離約定時間還很久，我就這樣沿著窄巷走去。

那是一間不足為奇的小神社。穿過鳥居後，差不多再走十公尺就來到油錢箱前了。我從錢包裡拿出五圓硬幣。想起媽媽從以前就常說「五圓保佑有緣」，每次丟香油錢都一定丟五圓硬幣。

丟進去的五圓硬幣發出清亮的聲音後，沒入油錢箱中。我喀啦喀啦搖鈴，雙手合十，閉上眼睛。

哪裡都好，希望能快點找到工作。

要是可以的話，最好是薪水還不錯，工作輕鬆，假期多，少加班也不用輪調外縣市的工作。這樣的公司我可以待到退休。拜託了。除此之外沒什麼要求。

我稍稍低下頭，睜開眼睛。

參拜殿左側有棵大樹，樹下放了一張紅色長椅。或許可以坐在那裡滑滑手機打發時間。我在長椅上坐下，拿出手機。

瞬間，一團黑色東西倏地橫過腳邊。我嚇得站起來，那傢伙立刻咻一聲跳上長椅，搶了我的位子。是一隻貓。

「嚇死我了……」

我嘆口氣重新坐回長椅，貓直盯著我看。該怎麼說呢，那雙金色眼瞳似乎有自主意識。整體來說是隻黑貓，只從鼻子附近到喉嚨有一塊三角形的白毛，就像戴著面具的摔角選手。什麼事？你想說什麼？

對看了一陣，貓抬了抬下巴，像在指示我往上看。

抬頭一看，整個視野都被枝葉填滿。其中不少葉片背面寫著文字。我摸了摸最近的一片，仔細一看，上面那行「想住在夏威夷」似乎是刻字後留下的痕跡。

這什麼？像七夕時掛在竹枝上的小紙條嗎？

「是要我在這上面寫下願望的意思？」

也不是想問那隻貓，反正我就這麼問了出來。貓咚地從長椅跳到地上，一與我四目相對就咧開了嘴角。牠在笑？我沒養過貓，貓是會笑的動物嗎？我打開智慧型手機搜尋畫面，打上「貓　笑」，正想按下搜尋按鍵時，那隻貓突然繞著大樹打轉。這又是在幹嘛？

我看傻了眼，貓旋轉黑色的身體跑了幾圈，又驀地停下來。像是在說「就這裡了」似的，左前腳搭上樹幹。雖然是黑貓，腳卻是白色的，我正為此感到意外，一片樹葉翩翩掉落，卡在樹根上。我把樹葉撿起來。

點？

什麼東西啊？是說，這片葉子又是怎麼回事？

拿著葉子抬起頭，貓已經不在眼前。只見牠緩緩搖著尾巴，從參拜殿旁往後面走去。看得見屁股上有個星星形狀的白色斑點。奇怪的貓。早知道應該拍張照片。

雖然搞不太懂，姑且拍照上傳Twitter吧。我用左手拿葉子，右手打開智慧型手機的攝影應用程式。

「咦？」

抽回拿智慧型手機的手，再看一眼葉子。上面確實寫著「點」啊。沒錯嘛。

再次伸出手，手機鏡頭對準葉子一看。

……奇怪。

隔著鏡頭看，葉子上怎麼看都沒有「點」字。試著按下快門，拍出來的照片上也沒有字。

怎麼會這樣？好詭異。可是，好像很厲害耶。正當我一陣毛骨悚然，忽然感覺背後有什麼窸窸窣窣的聲音，忍不住跳起來。

戰戰兢兢回頭看，原來是個微胖大叔，蹲在油錢箱旁伸手往後掏。應該是想撿掉在地上的零錢吧。大白天的，竟然這麼光明正大偷香油錢。我悄悄用手機鏡頭對準他，想趁他沒發現時拍張照。就算不扭送警察局，至少也要通知神社的人。

可是，要是這麼做，說不定會被說「為什麼不阻止他，只是袖手旁觀呢」。我猶豫了一陣，大叔已經起身，把拾起的零錢丟進油錢箱。

原來不是小偷啊。擅自懷疑了你，真是不好意思。

大叔注意到我，溫和地笑著說「你好」。從他身上的藍色工作服看來，應該是神社的人。呃，在神社裡幫人除厄的人叫什麼來著？

「您是……住持先生？」

穿工作服的大叔張口大笑「哈哈哈」。

「不是，這裡是神社，信奉的是神道，我是神職者。住持是佛教寺廟的僧侶喔。」

「神職……」

重複了一次這不太常聽見的名稱，那位「神職者」和善地說：

「神明的神，職業的職。我們自稱神職者，人家稱我們時，多半會說神主或宮司。」

「神主和宮司有什麼不一樣呢？」

「一個是統稱，一個是職稱。若把神社比喻為一間公司，神主就是『在公司工作的人』，宮司就是『社長』。」

「欸——您是社長啊？」

我的反應逗得這位社長宮司先生開心得前仰後合。

「我在這裡出生長大，從父親手中繼承家業。」

這麼說來，這個人就是一直被安排好的人嘍。一生出就決定好未來工作的模式。只要不是太討厭的工作，對我而言，以這種方式就職是最理想的了。身邊的人也開心。為什麼我爸偏偏是公務員呢？

「宮司的工作很難嗎？好賺嗎？」

「像我們這麼小的神社，工作說來幾乎都是雜務。沒大家想的那麼難。只是，我還無緣遇見賺大錢的宮司，倒是認識很多光靠神職無法養家餬口，還得從事副業的人。」

「是喔——！」

「就連我自己，直到三年前都還在開中餐館呢。我炒的炒飯味道很不錯喔。」

宮司先生比手畫腳，做出揮動中華炒鍋的動作。正職宮司，副業開中餐館。在神社工作似乎比想像中還自由。

啊，對了。有事情想請教他。我遞出手上的葉子。

「請問……這個葉子是怎麼回事？」

宮司先生輕輕「喔」了一聲，別有深意地看著我的臉回答：

「這個啊，是大葉冬青樹的葉子。」

大葉冬青。我試著用手機搜尋。不斷出現各種資訊，有圖片有說明文字也有部落格，甚至連購物網站都有，多到不知道該先從哪個開始看才好。總之先連上一個看上去像植物百科的網站。上面介紹說，這種葉子背面如果刮傷，會留下咖啡色的痕跡，以前的人還會在葉片上謄寫經文。此外也提到這是一種常綠植物。

我讀著網路文章時，宮司先生探頭過來看我的手機，悠然說道：

「手機真方便，懂得比我還多。」

我赫然抬起頭，慌張地放下手機。話說到一半就用手機查起東西來，真是太沒禮貌了。

「不、不好意思。」

「不會啦。」

仔細想想，我真正想知道的並非植物百科網站上記載的資訊。再次伸出手，把那片葉子遞給爽朗大笑的宮司先生。

「不知道是怎樣，出現一隻奇怪的貓，然後那棵樹上就掉下這片葉子了。葉子上的字相機拍不到。」

「我想也是，因為我也看不到葉子上的文字啊。」

「咦？您看不到嗎？」

宮司先生用一副早就什麼都知道的表情點頭。

「你運氣真好，遇見神籤了呢。」

「神籤？是那隻貓嗎？」

「是的。葉子上的字是要給你的神諭。只有你看得到，就表示因為是你，所以才看得到。請好好收藏喔。」

宮司先生說完，緩緩背轉過身。

神籤？神諭？我愈來愈搞不懂了。再次拿出智慧型手機，食指才剛觸碰螢幕，站在社務所前的宮司先生才溫溫吞吞地說：

「喔，對了對了。關於神籤的事，就算上網搜尋也什麼都查不到喔。」

我停下手指。什麼都查不到是什麼意思？

宮司先生走進社務所。我再度望向手機，螢幕上的時鐘顯示早已超過跟龍三哥約好的時間。我急忙將葉子與手機塞進牛仔褲後臀的口袋。

龍三哥住的公寓，是一棟覆蓋了茶色波浪板的兩層樓建築。爬上生鏽的鐵樓梯，二樓最裡面一間就是他住的房間。沒有門鈴，我只好敲敲木門。都什麼時代了，還有這種只有日式廁所，沒有浴室的房子。榻榻米起了毛邊，窗戶上鑲的是毛玻璃。破舊的電風扇發出喀啦喀啦的聲音擺頭。

放在屋內的家具風格毫不統一。三坪大的狹小房間裡，有一個黃綠色的櫃子和廉價的鐵力士層架，旁邊不知為何放了張氣派的化妝台。櫃子抽屜上留有幾張沒剝乾淨的貼紙，仔細一看，都是卡通人物。

龍三哥拿一罐飲料給站在櫃子前的我。看都沒看過的紅色罐子上，以白色粗體字寫著「COLA」。我先確定龍三哥自己也咕嘟咕嘟喝完同樣的東西後，偷偷檢查完賞味期限才拉開拉環。

「這間房間，整體來說很復古呢。」

沒其他話可說，只好這麼形容。龍三哥聽了馬上「嗯、嗯」點頭。

「挺不錯的吧？這裡。不但房租便宜，現在除了我之外，只有一樓住了一個打工仔，所以不會有人來抱怨吉他吵。我很中意這裡呢。房東人也很好，這些家具都是他送我的喔。」

我重新看了一眼那些家具。顯然不是因為「房東人很好」送給他，「房東不想花錢丟大型垃圾所以全部塞給房客」才是正確答案吧。

我也只能一邊說「太好了」，一邊啜飲那罐飲料。謎樣的飲料喝起來確實有可樂味，一定是在某個遙遠國度製造的吧，味道很淡。

「那個很好喝對吧？我打工的酒行店長訂貨時搞錯，訂了一堆又無法退貨，原本無可奈何想用一罐二十八圓特價出清，結果還是沒人買。放在店裡太佔位置，店長就給了我兩打！店長出手真大方！」

我無言以對，只能環顧屋內。龍三哥拍了拍手。

「對對對，吉他是吧。」

龍三哥走向房間角落。不愧是吉他，受到特別重視的待遇。兩把電吉他放在立架上。龍三哥伸手去拿的，是單獨靠在電吉他後方牆上的民謠吉他。

「這是我的第一把吉他。叫Three S的民謠吉他，型號000的超級小可愛。」

「000？」

「因為尺寸比較小。那時我應該國一吧，碰巧看到鄰居歐吉桑把它丟在垃圾場，我就撿回家了。上面的哥哥當時大學生，說社團裡有熟悉吉他的朋友，就請他拜託對方教我。還用壓歲錢買新弦替換，從此之後，這把吉他就成了我的搭檔。」

龍三哥盤腿坐下，抱起這把吉他，「鏘」地撥響琴弦。和彈電吉他時的他不一樣，此時龍三哥露出國中一年級生的稚嫩表情。

「你說上面的哥哥，那還有下面的哥哥嗎？」

「有啊，我家共四兄弟姊妹。哥哥、哥哥、姊姊、我。慎呢？」

「我是獨生子。」

聽我這麼回答，龍三哥就像想到什麼超棒點子似的往前探身。

「那我可以當慎的大哥喔，我一直想要個弟弟。」

「哈哈哈哈哈。」

也不知他如何解讀我的乾笑，只見龍三哥一把抓起琴頸，就這麼自彈自唱起來。他唱的歌是〈軌道無限延續通往任何地方〉。我聽過龍三哥彈吉他這麼多次，還是第一次聽到他唱歌。

略顯沙啞，粗獷的歌聲。不過不知為何，傳遞著一股容易受傷的纖細敏感。說不上唱得好還是唱得不好，可是，我想我喜歡。

龍三哥的歌聲，為稚嫩童謠賦予了人生的深度，配合吉他的音色，將我帶到愈來愈遙遠的地方。我像是搭上列車，列車滑走在長長的軌道上，哪裡都去，哪裡都能去，始終不知終點在何方。

彈唱完一曲後，龍三哥把吉他遞給我。

「你拿拿看。」

我戰戰兢兢接過來，模仿他的動作抱住吉他。吉他比想像中還重，弦也比想像的更硬。抱在龍三哥懷裡時那麼安適的吉他，一到我懷裡似乎忽然手足無措起來。就像母親懷裡的嬰兒突然被陌生人抱走，一副快要哭出來的樣子。

「第一個要記住的是C和弦。」

龍三哥一根一根抓起我的左手手指，引導我按在弦上。他的手指很粗糙，讓我第一次發現自己的手指有多柔嫩。在龍三哥的鼓勵下，右手朝吉他洞旁的琴弦一揮，發出「鏘」的聲音。這就是C和弦，龍三哥說。

「用和聲來講，就是Do Mi So。」

「是喔！」

原來和弦就是指和聲啊。看到我輕聲驚嘆，龍三哥瞇起眼睛。撥弄了一會兒，我漸漸掌握到訣竅。整把吉他奏出和聲，聲音與腹部共鳴，身體與吉他逐漸融合為一體。

龍三哥說：

「你試著按住C和弦不動。」

我和龍三哥換個姿勢，改成面對面坐。我左手緊按和弦，龍三哥從上面一條一條撥弄琴弦。

「乒砰乒砰♪」

是百貨公司廣播前放的旋律。龍三哥用聲音唱出節奏，我和他互看對方一眼，笑了出來。

「好厲害！好有趣！」

我這麼一說，龍三哥就露出得意的表情看著我：「是吧？」

「吉他很棒吧？我啊，絕對要主流出道。」

我說不出話。龍三哥是真心想成為職業歌手。不是只想做一個偶爾玩玩樂團，活在當下及時行樂的打工仔。

我強忍住問出「真的假的」的衝動，只能說出「能做自己喜歡的工作很幸福呢」之類平淡無奇的回應。

「是啊，我因為是家裡第三個兒子，父母對我沒太大期望，也不管我太多，這點倒是很輕鬆。」

龍三哥站起來，把原本半開的窗戶全部打開。一邊嚷著好熱，一邊把電扇風速開到最強。

不經意朝窗戶方向望去，看見牆上用圖釘釘著一張紙。還以為是月曆，仔細一看，上面只有自己徒手畫出的格子，差不多一半格子裡填了★符號。看到這個，我就想起在神社遇見的貓……神籤屁股上的星星斑點。

「那是什麼？」

「喔，這個啊……」

龍三哥不知為何有點害臊地搔頭。

「像是集點卡一樣的東西。」

集點卡。

……咦？點？

「龍三哥，你該不會去過那間神社吧？」

「神社？什麼啊？」

不是嗎？龍三哥的星號似乎和神籤沒關係。我想聊那片葉子的事，正把手插進口袋，龍三哥就拿起書桌上的筆，在格子裡填入星號。我放下吉他站起來，走到龍三哥身邊。格子是十乘十的一百格，紙張左邊空白處，用潦草的筆跡寫著「VOL15」。

「今天也集了一點。大概是像這樣。」

「像這樣是怎樣？」

「秘密。」

龍三哥噘起豐厚的嘴唇「啾」了一下。那表情就像個吃飽的小孩般心滿意足。

除了C和弦，龍三哥還教了我另外一個G和弦。他要我先記住這兩個和弦，把吉他和軟盒一起借給了我。

回到自己房間，我一個人抱著吉他思索。

點。那個神社的宮司先生說，這是給我的「神諭」。我想那或許和龍三哥的集點卡有關係，如果真的是這樣，又代表什麼意思？

今天也集了一點。龍三哥這麼說著畫上星號。那指的會不會是教我或借我吉他的事呢？

對了，我懂了！我「鏘」的一聲刷響C和弦。

那個星號一定代表「日行一善」的意思。只要對誰做了善事，就畫上一顆星星集一點。很像龍三哥會有的想法。我對自己靈光一現的答案充滿確信，放下吉他。

隔週又有個面試。這次是與社會福利相關的行業。

「除了學業，你有特別投入什麼事嗎？」

留著落腮鬍的面試官這麼問，我心想「來了！」，一鼓作氣說出準備好的答案。

「我製作了日行一善卡，每天都在上面做記號。」

就是這個！和別人不一樣的，有點特別的答案。這樣就能讓面試官留下印象了。雖然想到這點子的人不是我，我也沒實際執行，不過，總是有需要說這種善意謊言的時候。

「聽起來頗有意思喔。」

面試官交握起放在桌面的雙手。

神籤帶來的神諭果然指的是這個。我或許能通過這場面試。面試官不改其姿勢，緊接著問：

「那麼，田島同學做了哪些善事呢？」

我心頭一驚，臉上保持堆出的笑容說：

「撿拾掉在路邊的垃圾，在電車上讓位給老人家等等。」

「這樣啊，那麼，集點卡集滿後，能換來什麼嗎？」

面試官揚起一邊嘴角。我一看就知道這笑容不懷好意。糟了，沒事先設想到這邊。盡可能不去在意加速的心跳，我語無倫次地回答：

「呃……就會……有好、發生好事……之類的。」

「發生好事是指？」

「這個嘛……」

我答不出來。如果是龍三哥會怎麼說呢？交握在膝蓋上的雙手汗濕一片。

「只為了讓好事降臨在自己身上，所以才去撿垃圾或讓位嗎？這種期待獲得回報的行善難道不是偽善？」

偽善。我的臉瞬間發燙。沒錯。他說得沒錯。

「……或許是……這樣。」

可能是持續掛著虛偽笑容的緣故，臉頰肌肉抽搐。雖然不該怪他，但也產生一股怨恨龍三哥的心情。面試官後來的問題都沒能好好回答，我低著頭無法擺脫偽善者的臭名，就這樣直到面試結束。

得知龍三哥只打工到下個月底，是再下個星期的事。那天我們兩人排的都是早班，龍三哥約我下班一起去麥當勞，在那裡告訴我這件事。我猜，他大概是為了告知這件事才約我來麥當勞的吧。

「我的樂團，或許要正式出道了。」

並肩坐在吧檯座，喝著一百圓的熱咖啡，龍三哥這麼說。他的手指和聲音都有些顫抖。

說是製作公司的人看了影片網站上樂團的影片，主動找上他們。雖然規模不是很大，問了旗下有哪些藝人歌手，也算是有一定實力的公司。

「也不用馬上辭掉打工吧……」

「嗯……可是，對我來說這是心情上的問題。在走紅之前，當然還是必須靠打工才活得下去，只是這段時間暫時想把全副心力都放在作曲和練團上。」
龍三哥的語氣雖然平靜，但也充滿熱情。相反地，我的心都涼了。
心中湧現兩種情緒。第一種，連我自己也很驚訝，原來龍三哥不在身邊，我竟然會感到這麼寂寞。另外一種則是，看到龍三哥終於實現夢想，我心裡卻很不是滋味。
兩種情緒都出乎意料，我自己也很困惑。為了消除焦躁，我喝起可樂。麥當勞的可樂味道很濃又夠味。龍三哥說：
「你也要加油喔，找工作的事。」
龍三哥拍了拍我的肩膀，我忍不住扭動身體甩開他的手。
「真羨慕龍三哥，有吉他真好。」
欸？龍三哥嘴張了一半。我無論如何都無法按捺汩汩湧上的憤慨。
「擁有只有自己才能做的事，一邊打工一邊隨心所欲生活，最後還能實現夢想是嗎？好厲害喔，和連要做什麼都不知道的我完全不同。」
我自以為用開朗的語氣說得像在開玩笑，還是藏不住話語裡冒出的幾根刺。
快生氣啊，快阻止我啊，我這麼想。但是，龍三哥只是凝視自己雙手握住的紙杯，落寞地說：

「沒有什麼是只有我才能做的事喔。」

那聲音聽起來實在太虛無飄渺，令我心頭一緊。龍三哥臉上浮現沉穩的微笑，望著我說：

「大學……是個怎麼樣的地方？」

突如其來的問題，和現在講的事有什麼關係。

「什麼怎麼樣……」

「我啊，沒考過大學。雖然不擅長念書，看到哥哥還是很羨慕。在大學裡參加社團啦、小組報告啦什麼的。可是父母不讓我念，說我們家沒那個錢。哥哥是靠推薦甄試才上得了大學，你頭腦不好考了也不會上。喝醉的老爸曾對我說，因為家裡窮，害他只能喝便宜的酒，還說一個家根本不需要四個小孩。」

龍三哥說得雲淡風輕，那沒有抑揚頓挫的語氣，更真實突顯了龍三哥的悲哀。我一如往常說不出機靈的話，只能保持沉默。龍三哥稍微提高一點音量說：

「我心想也是啦，同時懷著理解與叛逆的心情，高中一畢業就離開父母身邊，只做自己喜歡的事。從那時起，到處送樂團母帶毛遂自薦，四處拜託人家讓我們做現場表演。努力到今天，總算出現認同我們的製作公司了。所以，現在我反而感謝父母讓我養成不滿足、不服輸的精神。」

說完，龍三哥喝光咖啡，嘆了一口氣。我總覺得最後一句話也像在說服自己。他緊抿雙唇，整個人轉向我。

「我說慎啊，你剛才說『只有自己能做的事』，我想世上大概沒這種東西吧。我就算放棄吉他，也不會有任何人感到困擾。就算退出樂團，也只要找別的吉他手加入就好。比我厲害好幾倍的人多得像天上的星星。」

龍三哥視線緊盯著我，使我無法別開目光。他以近乎可怕的平靜語氣說：

「沒有只有我能彈的吉他。但是，有因為是我所以能彈的吉他。這是我唯一堅持也自豪的地方。」

對不起，龍三哥。我很想道歉，卻無法順利說出口。不確定自己做錯了什麼，只能說我發現了一件事，那就是龍三哥不為人知的努力、辛苦、煩惱與糾結，這些我完全都沒注意過，還一直以為他從一開始就輕易獲得自己想要的東西，過著悠哉的生活。

「龍三哥，我……」

只這麼開了個頭，我就說不下去了。龍三哥露出笑容。

「你也有喔。想找出只有慎才做得到的事或許很痛苦，但是，一定有因為是慎所以做得到的事。」

彼此沉默了一會兒。我受不了這份沉默，拚命想找話說。

「……龍三哥的集點卡，集滿之後能換來什麼嗎？」

「嗯？能換來讓人非常高興的東西。」

龍三哥笑著捏扁紙杯。什麼嘛，這跟我的「會有好事發生」有什麼兩樣。覺得自己被唬弄了，但也沒有繼續追問。

隔天，我決定再去一次那間神社。

龍三哥說的「因為是慎所以做得到的事」，讓我想起宮司先生說的「因為是你所以看得見」。我無論如何都想弄清楚，神籤給我的神諭葉子上，那個「點」的意思到底指什麼。對現在的我來說，那應該是非常重要的事。要是能再次遇見神籤，或許能請牠告訴我。

找遍整個神社，到處都沒看見神籤。我坐在長椅上，拿出智慧型手機。

那之後，我試著上網搜尋了好幾次神籤的事。可是就如宮司先生所說，完全找不到相關資訊。也曾想過我自己在Twitter上發一篇文，或許有人看到就會回應。不知為何，每次寫到一半就當機，試幾次之後，我也提不起勁了。開始覺得就算上傳這件事也不能怎樣，變得無所謂起來。

現在的我心想，即使任何網站都搜尋不到這件事，也不等於這件事「不存在」。儘管事到如今才發現這理所當然的道理似乎太遲，我們總是忍不住產生「只要上網搜尋，電腦就會告訴我們正確答案」的錯覺。然而事實是，網路上的所有資訊，還不都是靠人力一點一滴上傳的東西，充滿了不確定性。

打開Twitter，一如往常瀏覽推友們的推文。有鬆餅、天空和室內犬的照片，有海外發生大地震的新聞，有對日本政府的批判，也有人指出黑心企業的問題，有人談論偶像戀情曝光的新聞，有人發表看連續劇的感想，還有人轉推搞笑藝人的黃色段子，以及各種關於想睡覺、肚子餓及頭痛等個人身體狀況報告，和不特別想看到的廣告一起充斥在時間軸上。只要持續往下滑，就會有源源不絕的資訊流過螢幕。我以為這就是世界。彷彿繪本裡會出現的鬆餅與無聊的黃色笑話與死了幾萬人的天災，在同一個小盒子裡比鄰而居。

就算我什麼都不做，世界也會照常轉動。就算我什麼都不寫，光是讀上面的內容一天就過了。我沒有思考或創造任何東西的必要。即使沒有想做的事，日子還是可以過得挺開心的，又何必拚了老命找出工作意義或目標。過去我一直這麼認為。

可是……

從智慧型手機上移開視線，正好看見宮司先生從社務所走出來。今天他沒穿工作服，而是一身白袍加紫色袴褲。我站起來，朝宮司先生走去。

「您好。」

宮司先生與我四目相接，微微一笑答：「您好。」

「您今天穿得超像宮司耶。」

「什麼超像宮司，我就是宮司啊。」

宮司先生笑了。「不好意思」，我小聲道歉。

「偶爾也會像這樣做正式的神職工作喔。受信眾委託祈福之類的。平常為了打掃或做雜事方便，我是比較喜歡穿工作服啦。」

穿上正式服裝的宮司先生散發一股與之前不同的魄力。如果沒有堅定的信念，肯定無法展現如此氣派的威嚴。不只是個在被安排好的人生中隨波逐流的人，他一定擁有屬於自己的驕傲。

我向他求助：

「請問神籤在哪裡？」

宮司先生呵呵笑起來。

「我也不知道牠在哪裡耶。畢竟是隻貓啊，現在在哪裡，什麼時候會出現，教人摸不清頭緒。您找神籤有什麼事嗎？」

「我想知道神諭的意義……自己怎麼想也想不出來。」

「所以你就想問神籤嗎？」

「是。」

「你已經放棄思考了嗎？」

這句話，和至今面試官們問了好多次的冰冷詰問語氣完全不同，是一句溫柔的問句。我視線落在手上的智慧型手機，心想是啊、沒錯。丟出問題立刻給答案，神籤哪有這麼揮之即來。

見我沉默不語，宮司先生凝望大葉冬青樹，緩緩接著說：

「找出某個答案是很美好的事。不過，在找到答案之前一邊迷惘一邊向前走的日子才叫做人生。我是這樣想的啦。」

我什麼都說不出口。宮司先生對我鞠個躬，就從參拜殿旁走過，慢慢爬上後面細細的階梯。

連一個內定工作機會都沒拿到的我，似乎讓父親看不下去了。他說有個經營不動產公司的遠親，可以幫我介紹那邊的工作。

既然手裡還有這張王牌，怎麼不早點告訴我呢？我滿心都是埋怨。但是下一瞬間，又產生一種像被帶刺舌頭舔到的不舒服感。一時之間原本想不通這種感覺是什麼，隨後想想，大概是對自己「把接受父親安排視為理所當然」所產生的嫌惡。話雖如此，我又沒有辦法乾脆豁出去拒絕這種好事。硬是壓下有生以來初次產生的情感，說服自己又沒有做什麼壞事。

幾天後，父親對我說「形式上還是得接受一次面試」。只是形式上做一下而已，關係都已經打點好了。

太好了。值得慶幸不是嗎？這樣工作就決定了。雖然不清楚進了不動產公司要做什麼，反正進了公司就會有人教我。明明應該鬆一口氣，我卻莫名坐立不安。

對方很快指定了面試日期，我拿著爸爸給我的公司名稱和地址，上網查怎麼過去。那間公司離我家很遠，要先搭車到一個從沒聽過的車站，再走路二十分鐘左右。不過，沒差，靠智慧型手機裡的地圖應用程式，應該有辦法找到才對。

今天就是面試的日子了。我一手拿著手機，在陌生城鎮下了車。出了這個只有單線經過的車站，先是通過一段小規模的商店街，出去之後就是一條鄉下道路，兩邊田裡偶有幾戶民宅。在地圖應用程式裡打上公司名稱，三兩下就查出路徑。自己的所在地是藍色，目的地的公司以紅色記號表示。只要沿著地圖上連起兩端的那條線前進就好。

真方便。要是人生的道路也能像這樣標示出路徑順序，就不用浪費任何時間了。只要跟著導航走，就能抵達目的地，一點問題也沒有。

……一點問題也沒有？是嗎？有時沒問題也是一種問題。

一邊發呆一邊走，不小心手滑，手機掉在地上。撿起來時，螢幕顯示一片漆黑。

糟糕。擦著冷汗嘗試重按幾次電源鍵。因為撞擊力道一度關機的智慧型手機，過了一會兒終於再次復活。

我鬆一口氣，再次打開應用程式，輸入公司名稱。這次，只有目的地顯示紅色記號，標示自己所在位置的藍色圓圈卻只是不停晃動，無法定位。似乎是GPS沒有順利運作的緣故。

我環顧四周，這裡是哪裡？剛才注意力都放在手機螢幕上，沒仔細看清楚周遭環境。手機裡顯示的地圖上，又幾乎沒有任何明顯的地標，只有幾條細細的道路交錯。明明路邊看得到幾棟大樓和民宅，地圖上卻是一片空白。唯一出現在地圖上的記號，是途中會經過的一所加油站。可是現在放眼望去，完全看不到像是加油站的招牌。

藍色圓圈舉棋不定，持續亂繞。總覺得跟我好像。好不容易知道該去哪裡了，卻不知道自己現在身在何方，點與點無法以線連結。

……點與點？

這麼想的瞬間，忽然覺得眼前一片清明。

我。

我一直以為不知道自己該去哪裡。該選擇什麼才對，該做什麼決定才好。只是不斷找尋終點。可是，更重要的是眼前，眼前還有更多不明瞭的事。

首先該弄清楚的，不是目的地。

而是現在地——

我買了一本TAB樂譜。

那是說明吉他和弦按壓位置的樂譜。至今從沒注意過，也根本不知道，書店一角竟然擺了各種TAB樂譜。如果去樂器行看可能有更多。原來彈吉他的人口這麼多啊，我有點驚訝。

我選的是從初階到高階樂譜都收錄其中的厚厚一本。看到初階篇裡收錄了〈軌道無限延續通往任何地方〉時，我毫不猶豫，立刻拿到櫃檯結帳。

一個人在房間裡翻開樂譜，盤腿坐著抱起吉他。

「只是個形式的面試」當天，我關掉應用程式，打電話到公司去，說我迷路了。對方要我暫且先回車站，向路人問路後終於走回車站，那位「遠房親戚」叔叔，也就是社長本人親自開車來接我。

社長有著花白頭髮，溫和親切。員工包括計時人員在內只有十五人左右。我一和社長抵達公司，大家就笑著表示歡迎。

去了會客室，有人端茶上來，我和社長兩人聊了一下。雖然也遞上了履歷表，社長只是把它放在桌上，並不去看。聊天的內容盡是「爸爸最近好嗎？」「記得你小學時踢過足球？」等，不脫親戚聊天範圍的問題，真的只是一場徒有其名的面試。

要離開時，社長總算附帶地說：

「我們公司雖然小，但有很多長年往來的客戶，經營還算穩定喔。薪水可能沒有那麼高就是了。但是只要阿慎願意，看要做財務還是行政，都有職位可以安排給你。」

這就是確定拿到內定的意思了。明明連應徵動機都沒問，我卻沒有理由拒絕。

只是，怎麼說呢？有種壓不下去的焦躁，總覺得哪裡不對。

這樣真的好嗎？一旦浮出這個念頭，就覺得這樣當然不好。

「請問……社長為何創辦這間公司呢？」

我這麼一問，社長只盯著半空看了一瞬，就露出懷念的表情說：

「高中時，我和父母吵架，離家出走過。」

「離家出走？」

「對。只憑一股衝動就離家，所以沒地方可去，晚上睡在公園。即使只是一個晚上也很難受。重新正視到人果然無法離開建築物生存，內心大受感動。無論哪種建築物都很棒，只是不巧的，我好像不適合當建築師。」

社長用帶點自嘲的語氣這麼說。說完之後，又露出堅定的微笑：

「可是啊，就算蓋不出房子，還是能介紹房子給需要的人，幫助人們找到能在裡面放心生活的建築物。蓋房子的人當然重要，但沒有人傳達房子的好處也不行。仲介也是非常重要的角色，我一定很適合擔任這個角色。這就是我創辦這間公司的原因。」

我大受衝擊。他的笑容充滿幸福與自信。這個人懷著如此寶貴心意創辦的公司，像我這種草率敷衍的人真的可以進去嗎？

對我來說，工作是什麼？就職是什麼？我想做什麼？我能做什麼？

照著教學手冊在履歷表裡誇下海口天花亂墜的那些事，現在才重新開始認真問自己。我無法想像自己在這間公司工作的樣子，應該說，過去我甚至從來沒有想像過這種事。

一思考起來就停不住，隔天，我打了電話給社長，婉拒這份工作。儘管爸爸說「等拿到其他公司內定再婉拒也不遲」，我卻覺得那樣太失禮了。社長在電話另一頭說：「加油喔，下次和你爸爸一起來，大家喝兩杯吧。」高興和抱歉的情緒交織，我流了幾滴眼淚。不過，我真心期待和他把酒言歡那天的到來。不是和社長，而是「親戚叔叔」，我想和他慢慢聊更多。等我正式找到工作後，一定要這麼做。

掛上電話，我低頭向父親道謝。擔心我找不到工作的他，為了我一定向社長更深地低頭拜託過。父親雖然困惑，但也只說了「嗯」。

為什麼至今都沒有發現呢？我才不是隨波逐流任人安排。沒有大家的支持就無法走到今天。無論父母、朋友還是女朋友，我的運氣真的很好。然而，卻一點也不知感恩，只把大家的好意當作指示。總是關心我身體的媽媽，總是介紹好打工給我的朋友，我可曾向他們道謝？對那些喜歡我的女孩子，我也從未給過貼心的回應。

那麼，今後該怎麼辦？我現在所在之處是何方？

撥響C和弦。一根弦一根弦發出「乒砰乒砰」的清亮音色，像百貨公司協尋迷路孩童前的廣播旋律。拿著Three S吉他的田島慎小弟弟，二十一歲，請家長來領回。家長聽到廣播請到服務台。

不靠家長。現在該是一個人去百貨公司的時候了。手指按下剛記住的G和弦，因為還不習慣的關係，小指差點抽筋。

那天之後龍三哥對我一如往常。我以歸還吉他為由，說要在下週龍三哥辭去打工那天去他住的公寓。

我想給他一個驚喜。瞞著龍三哥偷偷練一首歌，就當是餞別。到最後都沒能好好道歉，光是說「請加油」聽起來好像太假了。我自己想了想，決定彈一首歌送他，也是對他出道的支持。

〈軌道無限延續通往任何地方〉的和弦，除了C和G之外，還有D7和B7。四個和弦應該勉強還記得住吧。我一定要練會，然後彈給龍三哥聽。雖然無法彈得像龍三哥那麼好，至少要能抬頭挺胸說「因為是我才彈得出的吉他音色」。

龍三哥打工最後一天，我揹著裝在軟盒裡的吉他去店裡，和龍三哥一起下班。大家送了一小束花給龍三哥，他和那天在場的所有人握手。一個人一個人，誠懇地握手。雖然也有女生不太樂意，龍三哥仍不顧一切握了對方的手。一開始不情不願的女生，聽到龍三哥半帶哭音的「謝謝」之後，也忍不住跟著哭了起來，點頭和他握手。

我們兩人去買了酒和下酒零食，回到龍三哥的公寓。四下天色已黑，草叢裡傳出蟲鳴，初秋的夜晚已經挺涼爽了。

彼此說聲「辛苦了」，用罐裝啤酒乾杯，簡單閒聊後，我從盒子裡拿出吉他。得在喝醉前完成任務才行。

一股緊張如電流般竄過手臂，內心深處像被人丟了一顆沉重的大石頭。有那麼一瞬間，「把吉他還他就好」的念頭閃過，可是一看到吉他，這個想法消失了。不管怎樣一定要執行，徹底執行。

「請聽我彈奏一曲。」

我抱起吉他，龍三哥低聲驚呼。接著便慌慌張張地將罐裝啤酒放回桌上，在我面前正襟危坐。空氣瞬間緊繃，龍三哥看著我，我調整呼吸，按好最初的G和弦。

G↓C↓G。

為旋律配上歌詞，我自彈自唱起來。很順利。就這樣持續按了一段時間的G和弦自彈自唱。到這裡為止都很好，雖然沒有多餘心力看龍三哥的表情，但能感受他散發出一股柔和溫暖的氣息。

問題是，接下來的D7和弦，我很快就卡住了。不行，每次都是在這裡彈錯。從這裡開始，手指停下來好幾次，每次都從頭來過，卻連C和弦也按不好，心情愈來愈紛亂。

但我沒有放棄。一首歌。就算勉強也要彈完一首歌，從頭到尾。

後半「啦啦啦……」的地方幾乎已不成歌，我唱得像在唸經，只求能彈完整首。唱到最後的「啦」時用力刷響G和弦，我低著頭，緊緊握住琴頸。

「……太棒了，慎！」

龍三哥為我鼓掌，掌聲如雨將我環繞。我心想「啊、不妙」時，一股熱流已湧出眼眶。

「彈成這樣……彈成這樣，根本稱不上給龍三哥的餞別。」

龍三哥停止拍手。我惆悵的思緒與不停湧出的眼淚一樣止不住，明知難看還是忍不住哇哇大哭。

「好不甘心喔，以為自己辦得到，其實我還差得遠……手指痛得要命，根本彈不好……真的……好不甘心。」

眼淚與鼻水不斷流出來。

只不過是首童謠，稍微練習一下一定能彈得好。我滿懷自信的這麼想，但那不過是對自己嚴重的高估。

儘管盡可能做了練習，要操縱四個和弦還是比我預期難得多。光是持續壓弦就讓手指痛得受不了，一點也無法適應。一天之中沒碰吉他的其他時間也逃不過持續的疼痛，簡直像是某種懲罰。電視上彈吉他的搞笑藝人或街頭音樂人彈起來好像很輕鬆，一副樂在其中的樣子。原來大家都曾經歷這種痛苦嗎？還是我跟人家比起來特別軟弱？根本不可能辦到嘛，好幾次我這麼想。

即使如此，我還是持續練習了一星期。為了彈給龍三哥聽。總覺得要是沒有堅持到底，我將無法繼續前進。

可是，這就是現在的我所能拿出最好的成果。明明是想激勵即將邁向廣大世界的龍三哥，結果卻只是展現出自己有多軟弱。不中用的我忍不住淚流不停。

龍三哥從面紙盒裡抽出兩張面紙遞給我。

「慎，你一定沒問題的。會說自己還不行的人絕對沒問題。『還不行』跟『已經不行了』完全是兩回事。『還不行』就表示現在才剛要開始。吉他彈久了指頭會變硬，到時候就不會痛了喔，之後就能彈得更好了。」

我接過面紙，看著龍三哥的眼睛。

這才發現龍三哥也在哭。

「別忘了現在不甘心的心情，要好好珍惜這個感覺。會流下不甘心的眼淚，是因為你正在變強大。」

他流的鼻水比我還多。我也抽了面紙遞給龍三哥。

龍三哥大聲「噗咻咻」地擤鼻涕，哭得像個壞掉的水龍頭。哭著哭著，覺得兩人一起用面紙擦臉的樣子實在太好笑，忍不住一起笑出來。

「謝謝你，謝謝你啊，慎。我超高興的啦，那首歌也是我第一次學會彈的歌。」

龍三哥站起來，從書桌上拿起一支筆。

「今天光是一顆星還不夠哪。」

他在上次那張集點卡上，畫了五個★。我坐著抬起頭看，龍三哥轉過頭來微笑。

「這個啊，每當我產生感謝的心情時，就在上面做記號。」

「咦？不是對誰做了好事的時候才做記號嗎？」

「計算那種事多無聊。比起那個，能再次確認自己有這麼多值得感謝的事還比較開心吧？今年過完年我才開始集點，現在已經是第十五張集點卡了喔。每次集滿一張，都覺得我真的好幸福。」

我想起龍三哥之前說「集滿之後能換來讓人非常高興的東西」，那不是在唬弄我，是他的真心話。

「回頭想想，還會不斷想起更多值得感謝的事。像是小時候住家附近那個大叔，我就超感謝他的。我等於是被他丟掉的那把吉他救活的喔。不只大叔，雖然不知道該說什麼才好，總之就是會產生『很感謝！』的心情，這種事，我不想忘掉。」

龍三哥把筆放回桌上，在我對面坐下來。

吉他救活了他。

或許是這樣吧，很有龍三哥的風格，確實很棒。但是，我倒覺得不是這樣。那把原本要被丟掉的吉他，才是因為龍三哥而獲得重生。賣剩的便當、房東不要的家具和味道太淡的可樂也是。

龍三哥從我手中輕輕拿起吉他，溫柔地抱住。只刷了一次C和弦，又把琴頸轉向我。

「你能幫我保管這把吉他嗎？」

「咦？」

「到我正式出道那天為止，請慎幫我保管它。只要順利發行了CD，我就買更好的民謠吉他送你。在那之前，只要想到慎跟這傢伙一起等著我，我就會更努力。」

龍三哥再次把琴頸遞向我。我小心翼翼伸出手，接過吉他。琴頸上的「Threes」商標似乎一臉羞赧地看著我。

我下定決心。

「那我知道了。在那之前，我會拚命練習，下次一定完美彈奏〈軌道無限延續通往任何地方〉給你聽。不只這首，還要練會很多別的歌。」

我有了想要的東西。我想要的就是能高明彈奏吉他的實力。想要能夠付出這種努力的力量。

無論指頭多痛，無論和弦多難記，也絕對不會放手。就算痛苦，就算一點都沒有進步，即使如此仍不願放棄。這還是我第一次擁有這種心情。緊緊抱住吉他，我對龍三哥說：

「我會一直支持你的……加油，大哥。」

龍三哥大喊「慎～！」用雙手撥亂我的頭髮。現在我的頭髮一定跟龍三哥一樣亂翹吧，就像一對兄弟。

來到第三十二間公司的面試會場，坐在走廊上預先準備好的椅子上等待。很快就要輪到我了。

那之後，我只投履歷到樂器製造商或音樂補習班等與樂器相關的公司。每一間都以進入業務部為志願。

我不是音樂學校畢業的，也沒有豐富的音樂知識，更沒有特別出色的音樂技能。除了我之外，有能力馬上提升業績的優秀學生一定更多。

但是，我能用自己的表達方式，向別人說明樂器有多麼美好。如果是這個，那我就做得到。剛開始接觸吉他時的疼痛，以及當時雀躍的心情，到現在都還記得很清楚的我。好不容易和樂器培養出好感情，感受到箇中喜悅的我。一定有著因為是這樣的我所以能說的事，也一定有著因為是這樣的我所以明白的事。最重要的是，這是我現在想做的事。

「下一位請進。」

接到指示，我站起來。像輕輕握住琴頸那樣握起左手，用拇指輕撫其他四根指頭。這感觸令我鎮定下來。不要緊，一定沒問題。

長桌後面坐著兩位面試官。一位是留鮑伯髮型的女性，一位是戴黑框眼鏡的男性。女面試官正在看我的履歷，黑框眼鏡的面試官往後坐得很深，身體靠在椅背上。

說完就讀的大學和自己的名字，對方要我坐下來。戴黑框眼鏡的面試官半低著頭說：

「能告訴我們為什麼想來這裡應徵嗎？」

我挺直背脊，朝兩位面試官送上我的心。

請聽我說。

「因為終於變硬的左手手指讓我非常驕傲，也非常開心。」

黑框眼鏡面試官猛然抬起頭，從椅背上起身，直視著我。

[第四片]

播種

the words from
"MIKUJI"
under the tree

我做過飛機。

船和汽車也做過，有一次還做了整個城市。

完成平等院鳳凰堂時，大家都驚訝得睜大眼睛。除了建築物本身，連洞穴或砂礫等細節也不放過，完成後的模型，連自己都覺得真是厲害。

當交通工具或建築物一一從我指尖誕生時，我總覺得自己非常偉大……對，感覺就像成為了神。

不過那都已經是過去的事了。

現在我只是個礙事的老頭。連媳婦都可以用高高在上的語氣跟我這個老廢物頂嘴，孫女跟我也不親。

星期六外出購物時，每次都要我跟著出來幫忙。

重物都丟給我提，這個媳婦真的很不懂得體恤老人家。今天叫我拿的是五公斤白米、醬油、白菜，還有半顆西瓜。

「喂、君枝。至少西瓜妳該自己拿吧？我已經負責提米了。」

「我手上可是抱著比米還重的小孩唷，跟你沒什麼兩樣。」

一手抱著在她懷裡睡得香甜的孫女未央，另一隻手提著裝有馬鈴薯、紅蘿蔔和雞肉的購物袋。的確是不分軒輕。

「話是這樣說，妳明明才三十歲左右，怎麼能跟我這年近七十的老爺爺比。」

「爸，您才六十八歲吧。健康檢查也說身體沒問題，還生龍活虎呢。我除了全職工作之外，還要一邊養育這個惡魔一樣的兩歲小童喔。至少週末應該體恤我一下吧。」

這女人就不能少講幾句嗎？難聽的話不斷從那張沒有深邃五官的平板臉上噴出來。

我提著西瓜走在君枝半步後方。剛進入九月的下午還很熱。

「哎呀，哲大哥。」

背後傳來低沉的聲音，是住我們隔壁的杉田老太婆。說是老太婆，年紀只跟我差一歲，從以前就喜歡照顧人的她，現在三個兒子都成家立業了，每天似乎過得很閒，有時還閒到管太多閒事。正想裝作沒聽見走過去，君枝卻回頭露出給外人看的笑容。

「啊、是杉田太太。您好。」

「哎呀，小未央在睡覺啊？她在外頭睡著可辛苦妳了，不過這睡臉真是可愛。」

杉田太太伸出食指戳戳未央的臉頰，嘴上丟出一句「對了……」，又開始講起對面曾根家有人骨折住院的事。說是爬上椅子想拿餐櫃上方的土鍋，一個不小心失去平衡跌下來。啊，跌下來的是曾根家的太太喔，不但腿骨折，手臂還被摔破的土鍋碎片割傷，好像很嚴重的樣子。不過聽說骨折的時候啊，如果「喀啦」一聲折斷反而好得比較快，我家兒子也是……

提在手上的米愈來愈重。

不想陪她閒聊了。正打算回家，杉田太太又說：

「哲大哥看起來精神很好嘛，紅光滿面。」

「……還可以啦。」

我不耐煩地回應，杉田太太露出憐憫的笑容。

「真的是太好了，哲大哥。自從繁子姊不在之後，我實在很擔心你呢。好不容易有媳婦住在一起照顧你，你要好好感謝人家才行！」

我又沒有拜託她來住。才想這麼回嘴，未央睜開惺忪睡眼，「哇」的一聲哭了起來。君枝單手抱著未央輕輕搖晃。

「好好好，我們回家吧。杉田太太，下次見。」

君枝輕輕點頭，改變方向。

繁子是個沉默寡言的妻子。

或許在外面不是這樣也不一定。但是至少，她連一次也未曾指使我做這個做那個。

從事護理工作的繁子說結婚後也想維持工作，生下兒子弘人後，就把還在喝奶的孩子交給托兒所，自己繼續上班。

家事也沒有偷懶。無論煮飯或打掃都不偷工減料，沒聽她任何對育兒的抱怨或不滿。我跟她是親戚介紹相親認識，沒有轟轟烈烈的戀愛就這樣結婚了，但對我而言，她是個完美得過了頭的妻子。失去繁子已經三年了。

「你有在聽嗎？」

聽到生氣的聲音抬頭一看，赫然發現君枝站在眼前，遞出粗棉手套。

「怎麼啦，發什麼呆？今天的綠地清掃從下午一點開始喔，趕快準備出門吧。」

我知道啦。在君枝性急的催促下接過粗棉手套，我站起來。

上個月，社區傳閱板通知了清掃綠地公園的事。君枝說「你會去吧？」也不等我回答，逕自在參加欄裡畫了圓圈記號。繁子還在的時候，我根本不太清楚社區裡有什麼活動。大小事都交給繁子一手包辦。

然而，和君枝一起生活後，幾乎所有活動她都要我一起去。掃水溝啦、防災訓練啦、在通學路上擔任導護啦……這女人動不動就指使我做這個做那個。

君枝雖然看似也要出門，身上穿的卻是連身洋裝。這不是去清掃綠地該有的打扮。週末未央不上幼稚園，她的工作通常也休週末才對。

「妳不去嗎？」

「我有點事回水澤家。傍晚就回來，爸你一個人去吧。」

水澤是君枝的舊姓，她都用「水澤家」稱呼自己的娘家。

水澤家離我家走路大約十五分鐘，現在住在那裡的是君枝的父母和兄嫂。一家子好像是君枝二十歲那年從千葉搬來的。弘人和君枝在商店街企劃的「鎮聯誼」上認識，結婚後住在離兩人老家都很近的公寓，不過當時很少來探望我。

今年春天，弘人被公司調到大阪，君枝忽然說要跟未央一起搬來這個家住。她大概很喜歡未央出生不久後找到的雜貨店工作。

「好不容易記住了工作內容，未央的幼稚園也上得很適應，我才不想現在搬去陌生土地從頭來過呢。這樣正好不是嗎？爸爸家有很多空房間，既不用花房租錢，離水澤家又近。好，就這麼決定了！」

君枝這麼說，也不問我怎麼想，事情就一副理所當然似的進行了。確實如她所言，這個家雖然舊，至少是自己蓋的房子。她和未央搬進來最適合也不過。

就這樣，弘人搬去大阪的同時，君枝帶著未央搬進我家。不只如此，她找人把家具都搬來，還在信箱旁的「木下」門牌下掛上親手做的木牌，上面寫著「哲・君枝・未央」。從來沒看過這麼厚臉皮的女人，一來就把廚房當成她的地盤，還擅自定下輪流打掃浴室和洗碗的規矩。君枝住進這裡後，態度宛如自己才是這個家的主人。

「啊、別忘了噴防蚊液喔。爸上次被蚊子叮到手背，抓得皮都破了，還因此抱怨不能洗碗……」

「少囉唆，我自己會躲蚊子，沒問題啦。」

好不容易習慣獨居生活，拜君枝之賜，日子又紛擾起來。原本想安靜悠閒度過餘生的，事情的發展完全在我意料之外。

我走向玄關，套上運動鞋，打開大門。蟬正擠出最後的力氣鳴叫。

「大家辛苦了！請一人帶一包回去喔！」

結束清掃，幹事發了一個白色塑膠袋給我。看一眼內容物，有寶特瓶裝茶一瓶，還有單個包裝的仙貝和糖果。

綠地公園蚊子很多，手臂被叮了好幾包。君枝說得沒錯，應該先噴防蚊液才對。我一邊抓癢，正想走出綠地公園時，又忽然停下腳步。短暫猶豫後，踏上從公園通往神社的小路。

穿過雜樹林間的細細小徑，途中經過一個池塘。十歲左右的男孩子蹲在池邊一動也不動，大概在看鯉魚吧。這年紀的孩提時代最快樂了，只要做自己喜歡的事每天玩，在父母保護下備受疼愛地成長。要是可以，我也想回到那時代。

抵達神社了。這是一間小小的八幡神社。雖然供奉著我家的氏神，這幾年我都提不起勁過來。

神明什麼的，根本不存在。
就算退一百步，承認有神明存在好了，祂也根本沒有保佑我。我這麼想。
可是今天不知為何，忽然一陣心血來潮。鑽過久違的鳥居，站在參拜殿前。
摸了摸褲袋，摸到幾枚硬幣。
十圓硬幣。看著上面刻的平等院鳳凰堂，我終究沒把錢丟進油錢箱，重新塞回口袋。雖然搖響了鈴，但沒有合掌祈願。也沒有閉上眼睛。
取而代之的，是對參拜殿中那面圓鏡說話。
神啊，如果祢真的存在，請聽我說。
能否讓我剩下的人生不要再發生任何事，靜靜結束就好。
不再為什麼而痛苦，也不再讓誰因我而痛苦。
鏡子沒有回答。
這是當然的，鏡子不等於神，這種事我當然知道。
轉身背對參拜殿，發現附近紅色長椅上有隻貓。貓坐著，扭轉身體舔舐自己的背。柔軟度真好。貓的身體是黑色，腹部和腳則是漂亮的白色。看了牠一會兒，忽然四目相接。以為牠會警戒逃跑，貓卻坐在原地不動，我便慢慢靠近。

「喵嗚～喵嗚～」

如何，我學貓叫學得很像吧。舉起一隻手，試著對貓招了招。然而，貓卻一臉正經。我有點尷尬，就在長椅上坐下。貓直起身體，前腳併攏坐正。黑貓從鼻子到脖子長有白毛，金黃色眼睛眨也不眨，緊盯著我看。看牠似乎對我頗感興趣，這次我一邊咂著舌頭發出「嘖嘖嘖」的聲音，一邊撫摸牠的脖子，牠竟然把頭轉開。

哼，是嗎？不喜歡嗎？反正我就是惹人厭，連貓都討厭我。

一陣風吹來，樹葉發出沙沙聲。喔，這棵樹是大葉冬青啊。坐在長椅上抬頭看，樹葉背面一如往常被寫了不少字，有「想變瘦」或「想中萬馬券！」等。葉片被刮過的地方會留下咖啡色痕跡，從以前到現在都不乏出於好玩亂塗鴉的人。

貓翩然跳下長椅，站在地上再次朝我轉頭。然後，看起來竟然像「哼」地笑了一下。

哪有這種蠢事？貓會笑嗎？

貓開始緩緩繞著大葉冬青樹走動，露出屁股上白色的星形斑點。一股難以言喻的懷念之情，伴隨苦澀的情緒湧現。過去我身邊總是看得到白色星星的記號。甩甩頭，想甩掉這個念頭。貓忽然加快速度，繞著樹幹奔跑。

這傢伙在做什麼啊？我起身站在長椅旁，愣愣看著貓，牠頓時停下腳步，舉起左前腳搭上樹幹。於是，一片樹葉隨風裊裊飄落，掉在我腳邊。

播種。

撿起的那片葉子上，刻著這樣的文字。什麼意思啊？播種。

往樹底一看，貓已經不在那裡。以為牠消失了，又看到牠正緩緩爬上參拜殿後方的樓梯。再往上就是大殿。

「木下先生？這不是木下先生嗎？」

一個特別宏亮的聲音令我回頭，站在那裡的是穿藍色工作服的微胖男人。

「什麼啊，是良小弟？」

「別、請別再那樣叫我了啦。」良小弟紅著臉露出難為情的笑容。上一代宮司喜助是大我三歲的兒時玩伴，良小弟是喜助的獨生子，今年應該已經五十歲了。

「你還在開中餐館嗎？」

「沒有，現在只做神職了。自從三年前家父過世後。」

「……這樣啊。」

良小弟的笑容很溫柔。五官頗有福相的他，臉型和嘴角都看得出喜助的影子。

「木下先生最近在忙些什麼？您好久都沒來了。」

「沒忙什麼，什麼事都提不起勁做。」

「不過您看起來精神很好，臉色紅潤有光澤。」

精神也沒什麼好的。臉色紅潤大概是因為今天去打掃，活動了筋骨吧……不經意瞥見幹事給的那袋東西，想起自己手上拿著大葉冬青的葉子。

「這間神社有隻貓對吧？黑色的。」

這麼一問，良小弟挑了挑眉，似乎很高興地回答：

「您看到貓了嗎？不過那不是神社的貓。」

「這樣啊，一隻奇怪的貓，忽然繞著樹團團轉，又突然把腳搭在樹幹上，弄掉了這片葉子。」

我把看得到文字的葉片背面翻過來，遞給良小弟。良小弟也不伸手接，只是朝這邊伸長脖子。

「喔，這樣子啊。」

「上面寫的播種，是什麼意思？」

「喔喔，木下先生的是『播種』嗎？會是什麼意思呢？」

「木下先生的是播種嗎？」這問句聽起來不太尋常，我望向良小弟，只見他頗有深意地瞇起眼睛。

「木下先生，您運氣真好。這是神籤帶來的神諭。」

「神籤？」

「木下先生遇見的那隻貓就是神籤，牠可不是那麼常現身的喔，請好好珍惜這幾個字。」

我愣愣地看著那片葉子。什麼神諭？播種？

「你的意思是，那隻貓是神的使者嗎？」

「到底是怎樣呢，這我也不是很清楚。」

「說什麼蠢話。」

我不知怎地有點火大，拿那片葉子丟良小弟。葉子沒什麼重量，還沒碰到良小弟就掉到地上了。我轉身就要離開。

什麼神諭啊？一隻貓憑什麼對我的人生指手畫腳。

正想走出神社，鳥居前忽然刮起一陣風。這風大得我差點站不穩，用力踩住地面。

頂了一會兒，風又突然停了。什麼跟什麼啊？我重新打起精神往前走，背後傳來良小弟的聲音。

「木下先生——神籤好像很中意您耶！」

良小弟這小子，大概是熱昏頭了吧。我走出神社，一直走到小徑與大馬路連接的轉角，拐了一個彎。

那裡有棟破舊的商辦混合大樓。三樓不知什麼時候開了間公文數學補習班，看來大樓還有在使用。四樓和當年沒什麼兩樣，窗玻璃上貼著可疑的稅務會計師事務所貼紙。

一樓鐵門依然拉下，讓我產生一股不可思議的安心感。還沒有人想要租這裡。招租的貼紙，依然維持著我離開時的模樣。

直到三年前，我都在這裡經營模型店。弘人上小學那年，我辭去證券公司的工作，在這裡開業，一開就是三十年。

隱約看得到鐵門上被業者隨便用油漆蓋掉的「木下模型」字樣。招牌上也還看得出以前的飛機圖案。

以內梯連結，當作倉庫使用的二樓似乎也租不出去，和一樓一起空著。在一股衝動驅使下，我好想進去這個隨時間累積了大量塵埃的空間。

手盤在背後抬頭看的時候，一個看上去像大學生的年輕男人從身後經過，我才回過神來。

都已經是過去的事了。事到如今，沉浸在回憶裡也做不了任何事。

傍晚，君枝回來了。

「這什麼？」

她指著我放在餐桌上的塑膠袋說。

「喔，清掃綠地時領回來的。裡面裝的應該是零嘴吧，可以給未央吃啊。」

「都是些仙貝和糖果，沒有未央能吃的東西嘛。」

拿出寶特瓶後，不太滿足的君枝繼續摸索袋底。人家給妳東西，妳還只會抱怨。

「呀！」

君枝發出哀號，丟出手中的塑膠袋。我走過去看看到底什麼事，才看到裡面掉出一個透明小保存袋，內有幾顆一公分左右的茶色顆粒。袋子上貼著白色標籤，沒戴老花眼鏡的我也勉強看得清上面寫什麼，我把那幾個字讀出來。金盞花。

「喔、喔……什麼嘛，原來是花的種子。還以為是蟲子呢，嚇我一大跳。」

君枝拍著胸口走到我旁邊。種子的形狀是厚實的彎月狀，確實有點像某種幼蟲，尤其是表面還佈滿了不規則的突起。

「哎呀，真是的，愈看愈像幼蟲。明知是種子，還是覺得好噁心。」

「以這種大小來說，大概是金龜子的幼蟲吧。」

「別說了，形容得太生動了吧。」

兩人湊在一起研究種子時，原本看著電視的未央也跑過來。

「未呀椰咬——」

她說的應該是「未央也要」吧，小手拚命伸直。君枝高舉袋子：

「不行不行，這是爺爺的。」

「才不是我的。」

君枝無視我微弱的否認，把袋子塞給我，自己蹲到與未央視線等高的位置，看著她的眼睛說：

「爺爺啊，說他要播種。」

……………什麼？

她剛說了什麼？播種？

一股寒意竄過身體，我甩了甩頭，把裝有金盞花種子袋子放回白色塑膠袋。這時，手摸到一片薄薄的東西。不會吧。

拿出來一看，果然沒錯。是一片綠葉，背面刻著咖啡色的「播種」文字。我感覺到背上冷汗流淌。為什麼這東西會在裡面？明明在神社時已經丟掉了。

「播種、播種。」

「握拱——握拱——」

君枝和未央不斷喊著「播種」，笑成一團。什麼嘛。到底發生了什麼事？逃不過神的旨意，指的就是這種事嗎？

「有什麼關係，您就把種子種下去看看嘛，我很想看爸爸種出的花啊。」

君枝笑著說。

我又沒說要種。我又沒說。

再次伸手拿起大葉冬青的葉子，上面「播種」的字跡依然清晰，簡直到了死纏爛打的地步。

隔天星期天，我被君枝拖去車站裡的購物大樓。說是有童裝店結束營業舉行跳樓大拍賣，要來買未央的衣服。車站離我們家走路二十分鐘左右，未央一路上都在嬰兒車裡睡得酣熟。

抵達車站大樓，君枝沒有直接去童裝店，而是先去了百圓商品店的園藝區，問我「要買哪個？」。貨架上是各種顏色的花盆。

「你看，這是金盞花。」

君枝把智慧型手機螢幕遞到我面前，上面映出圓形橘色花朵的特寫照，看起來像大朵蒲公英。

「那跟幼蟲沒兩樣的種子，竟然能開出這麼漂亮的花。」

君枝喜孜孜地說著，收起智慧型手機，開始挑選花盆。

「黃色的是很可愛，可是花是橘色，色系好像太接近了喔？乾脆選白色花盆也不錯。嗯……好猶豫喔。」

「……這個好。」

站在貨架前東張西望的君枝，聽到我這麼一說，整個人定住不動。

「這個好，這個紅磚色的。」

我拿起一個紅褐色的花盆，走向結帳櫃檯。君枝老神在在地大喊：

「這裡也有賣土喔，也得買土才行——！」

遠遠望著攀在童裝花車旁殺紅了眼的君枝，我負責在店門口長椅上照顧未央。嬰兒車輕輕晃起來，低頭一看，未央睡醒了，開始不安分地扭動。

「麻——麻——」

應該是在叫媽媽吧。接著就嗚嗚哭了。我把嬰兒車推到君枝身邊。

「喂、醒了喔。」

「欸——？等一下嘛，再一下下就好。」

未央開始不受控了，似乎想從嬰兒車裡爬出來。我鬆開安全帶，抱起未央，她立刻緊抓住我。這可真難得。平常我想抱她時，她總是很抗拒。

這時未央也不哭了，靠在我身上吸手指？君枝瞄了我們幾眼，手上抓著童裝說：

「隔壁不是有個玩具店嗎？去那邊等一下！」

君枝展現出不容否決的氣勢，我只好把嬰兒車放在她身邊，抱著未央走出去。

一進玩具店，未央就扭動身軀吵著要下去。腳一著地立刻往前跑，看到絨毛玩偶就喊「貓」。喔喔，已經不是說「喵喵」，會講「貓」了啊。未央抱起那隻白色波斯貓玩偶，我忍不住摸摸她的頭。未央的頭髮細軟得教人難以置信。

「妳喜歡貓嗎？」

「貓，喜彎。」

這話才剛說完，未央就把波斯貓丟到一邊跑掉了。不是說喜歡嗎，怎麼這樣對待人家呢？一眨眼未央就跑過轉角，不見人影了。我把貓放回架子上，趕緊追上她。

只見未央站在靠牆的架子前，抬頭望著架上商品。我心跳加速。

「飛機——」

是飛機模型。

收在透明壓克力盒裡的銀色金屬製組合模型，連舷梯都有。我確認了放在完成品旁邊的商品紙盒，似乎是美國的老式郵務飛機。機頭附有螺旋槳，應該真的可以轉動。

「飛機——車車——床——」

展示品只有飛機，但旁邊還堆著一疊盒子。未央一一指著盒子上的成品照片這麼說。「床」應該是「船」吧。我拿下一盒汽車模型。

「紅色！」

「對啊，是紅色的車子。這種車叫藍寶堅尼。」

「郎好機你——」

「對對對，藍寶堅尼。」

我打開盒蓋，未央興奮地發出「喔喔喔」的叫聲，探頭過來看。盒子裡的零件都還嵌在細細的零件框上，總共有三片。車身和輪框已經塗裝好，是適合初學者的簡單套組，只要全部組裝起來即可。即使如此，久違地站在模型零件前，我仍不由得興致高漲，自己也好想像未央那樣高聲大喊。

「這個啊，是要一片一片拆下來，再用黏著劑組合起來的喔。這麼一來，就能完成照片中的車子。」

也不知道未央有沒有在聽我說話，只見她默默拿起一片零件框，眼神閃閃發亮。手指不時輕撫或試圖抓起零件，咯咯笑得很開心。弘人對模型從來沒有興趣，未央卻和他不同，似乎深受吸引。這就是所謂隔代遺傳嗎？

「想不想試試看？」
「想試試看！」
這句話未央說得很清楚。我忽然覺得整間店都亮了起來。
「好，爺爺買給妳。」
蓋上盒蓋，正想去結帳，君枝就來了。代替未央坐在嬰兒車裡的，是有著童裝店LOGO的大紙袋。
「久等了，有沒有乖？」
「汽車——！」
未央蹦蹦跳跳，君枝掃了一眼我手上的盒子，嚇得往後退。
「是未央啦，說她想試試看這個……」
「咦？未央？不行啦，對未央來說還太早。」
君枝好像還想說什麼，未央卻已經跑出店外，朝錯誤方向奔去，她只好趕緊追上前。
被毫不留情地拒絕了。這也難怪啦，君枝不可能知道模型的好。再說，我也已經不玩模型了。

把那盒藍寶堅尼放回架上，我雙手空空走出店外。

不料，過了幾天，我仍忘不了在玩具行發生的事。未央那張開心的臉，還有她竟然對模型展現出比絨毛娃娃更大的興趣。那孩子或許真有做模型的天分。

「快把早餐吃完，好嗎？」

君枝站在餐桌旁啃麵包，一邊把湯匙餵到未央嘴邊。未央大喊「不要」！拍掉湯匙。

「我自己來！」

最近未央的口頭禪是「不要」跟「我自己來」。君枝說這是自我的萌芽。不想被人強迫做什麼，以及什麼都想要自己做的欲望。我想了一下弘人小時候的情形，可是完全想不起來。

「好好好，那請妳自己乖乖吃！」

君枝幾乎要生氣了，把湯匙交給未央。

「妳也坐下來吃啊，站著吃多沒規矩。」

「我可是很忙的。」

麵包塞進嘴裡，君枝離開桌邊，又提著洗衣籃去了陽台。上班前晾衣服是她的工作，傍晚把衣服收下來則由我負責。

「啊！爸，你來一下！」

聽到她非同小可的驚叫，我趕緊起身，跑到陽台一看，君枝蹲在地上，手指著星期天播了種的那盆金盞花。

「你看！」

冒出三株新芽了。清新的嫩綠色，小小的雙葉。

「……喔喔。」

我不知不覺笑起來。君枝歪著頭說「好可愛喔」。

「糟糕，要來不及了！」

君枝很快地晾起衣服來。

我依然蹲在那裡，凝視金盞花的嫩芽。不會說話的植物，像在對我傾訴什麼。

播種。

說不定那神諭是……那隻叫神籤的貓，或許想為我帶來希望。

從乾燥的種子裡伸展出水嫩的綠葉。這小小的綠意使我想起未央。自我終於開始覺醒，對各種事物展現興趣的新生命。

就算只是一點點也好，我那早已放棄的心情，說不定能夠在未央身上繼承下去。說不定她會愛上模型。這麼一來，我或許就能找出自己生在這世界的意義。神籤是不是為了讓我察覺這點，才從背後推了我一把呢？

君枝和未央嚷著「我們出門了！」慌慌張張外出。我想了一會兒，在中午前朝車站走去。

星期六。君枝說：「爸，現在可以託你照顧一下未央嗎？

「圖書館的書，我以為已經還了，剛才發現原來掉在沙發後面。圖書館打電話來催還書，我想拿去還，順便去一下洗衣店。大概兩小時左右回來。」

「可以啊。」

我等這天很久了。在這之前，雖然偶爾也會和未央單獨看家，但時間都很短。第一次這麼期待和未央一起看家。

君枝一出家門，我就拿出藍寶堅尼的盒子。上次偷偷去車站大樓買回來的，連專用黏著劑都準備好了。看到神籤的屁股，我就想到田宮模型的招牌商品，商標上的白色星星總是那麼耀眼。

「這是藍寶堅尼喔，未央。」

未央正沉迷於玩具鋼琴，那種按壓鍵盤就會發光的類型。好像是水澤家外婆新買給她的。

「未央，妳看啊。趁媽媽回來前，跟爺爺玩吧。」

打開盒子，未央探頭查看了一下內容物，注意力馬上又回到鋼琴上。

什麼嘛，在店裡時明明那麼感興趣的不是嗎？

我把零件框攤放在矮桌上，拿起零件用鉗剪，將零件從附帶編號的細細框線內逐一剪下。

剪著剪著，未央終於靠過來了。

「未呀椰咬——」

看吧看吧，妳果然還是喜歡這個吧。我讓未央握住鉗剪，自己再握住她的手，剪下零件。

「不要——！爺爺、不要！我自己來！」

她似乎想自己玩。不過再怎麼說也不可能。零件太精細，鉗剪的刀刃又太危險。

「剪剪很難，爺爺來弄喔。等一下再一起組裝好嗎？」

「不要——！爺爺、不行！」

「爺爺不行嗎？」

我拿起鉗剪，放在未央摸不到的櫃子上。君枝說得沒錯，玩模型對未央來說還太早。這時，未央哇哇大哭起來。

「未呀要玩——！」

「好、好啦。」

雖然不願意，還是讓她直接用手扭下零件。未央用小小的手指抓住零件扭轉，但無法順利扭下來，她開始玩起裝在小塑膠袋裡的輪胎。

「打開！」

未央抓著小塑膠袋揮舞。才剛幫她把袋子撕破，就聽見門鈴響。

走出玄關開了門，是杉田太太。

「午安，我拿傳閱板過來。」

「喔喔。」

「哎呀，哲大哥一個人在家？君枝呢？」

「她出去了。」

收下傳閱板，正想關門時，未央腳步蹣跚地走出來。杉田太太發出歡喜的聲音。

「哎呀，小未央，妳跟爺爺一起看家嗎？」

未央沒有回答，嘴裡不知嚼著什麼，臉頰還鼓了起來。是吃了什麼嗎？

「正在吃飯嗎？對不起喔……」

原本語氣爽朗的杉田太太忽然臉色大變，半開半闔的未央嘴裡露出黑色圓形的東西。是輪胎。我心頭一驚時，未央已發出吞嚥的咕嘟聲，表情扭曲起來。

「小未央！」

杉田太太鞋都來不及脫就衝進來，跑向未央。哽住喉嚨了嗎？得快點拿出來才行。我急忙把手指伸進未央嘴裡，未央痛苦掙扎。

「不能用手指戳啊！」

杉田太太蹲下來，跪著豎起單膝，將未央身體翻轉過來，讓她臉部朝下，腹部放在立起的大腿上。杉田太太拍了未央的背幾下，「嘔」的一聲，沾滿口水的輪胎掉落在地。未央放聲大哭，我一屁股跌坐下來。

「現在給她玩這麼小的玩具還太危險，一兩歲的小孩子，什麼東西都會往嘴巴裡放。」

杉田太太先回玄關脫了鞋，再進來抱起哭泣的未央進客廳。我還癱坐在玄關口，又聽見她慌亂的聲音。

「哎呀不好了，怎麼玩塑膠模型這種東西呢？該不會吞了其他零件吧？快確認看看，說不定她還吞了其他東西……」

哎呀不好了，怎麼玩塑膠模型這種東西呢？塑膠模型這種東西。塑膠模型這種東西。

我踉蹌起身，朝客廳走去。輪胎全都還在，其他零件也沒缺。我嘆口氣全部收回盒子裡，蓋上蓋子。

「沒問題了。」

未央踢著雙腳喊「我要下去——」，杉田太太放未央下來，看著窗外說：

「啊、下雨了。」

剛才天氣還很好，忽然就下雨了。

「糟糕，晾著的衣服！」

杉田太太擅自開了陽台門走出去，把衣服從曬衣桿上連衣架一起拿下來交給我。雖然覺得多管閒事也只能感謝，默默收下。腦中又開始發起呆來。

「那種的是什麼？」

發現花盆的杉田太太問。

「……喔，是金盞花。清掃綠地公園時拿到的種子。」

「我想起來了，聽說是友惠花店分送大家的。我那天去探望曾根太太，沒參加綠地清掃就是了……咦、這個該不會已經不行了吧？」

聽她這麼一說，我朝花盆望去，不由得一陣錯愕。

原本冒出雙葉的三株新芽，卻都軟趴趴地橫倒了。葉尖變成咖啡色，完全喪失了生機。

怎麼會這樣？昨天還那麼生意盎然，澆了好多水啊。

「根部腐爛了吧，是不是澆太多水？」

捧起花盆，杉田太太這麼說。

「不過我不太喜歡金盞花，花語很不吉利喔。你知道嗎？金盞花的花語是『離別的悲傷』。」

我嗡嗡耳鳴。離別的悲傷，不吉利的金盞花。

杉田太太放下花盆，站直身子。

「對了，君枝身體狀況如何了？要是太嚴重的話，不是得動手術嗎？」

「君枝的身體狀況？」

「欸？哲大哥你不知道喔？」

什麼事啊。見我默不吭聲，杉田太太莫名露出恍然大悟的神情點頭。

「哎、哎呀，這樣啊……她沒跟哲大哥說啊。那我先告辭了。」

杉田太太迅速離去了。

內心深處一陣悶悶的痛楚。我不知道。我永遠都沒被知會，誰也不告訴我，什麼事都不告訴我。

約莫三十分鐘後，君枝回來了。

未央躺在長椅墊上睡著，肚子上蓋的毛巾被隨呼吸上下起伏。

「吼，早知道就帶把傘，真是糟透了。」

君枝一邊用毛巾擦頭髮一邊走進客廳。看到塞在垃圾桶裡的那盒藍寶堅尼，一臉不可思議的表情望著我。

「……剛才，未央被塑膠模型的輪胎哽住喉嚨。」

「咦！」

君枝衝向未央。

「碰巧杉田太太來救了她。現在沒事了，只是在睡午覺。」

「啊……這、這樣啊。太好了，等一下我就去向杉田太太道謝。」

「對不起，我不該讓她玩那種東西。」

我低下頭，君枝搖搖頭。

「不是的，我也沒好好說清楚。不是塑膠模型不好，只是對現在的她來說真的還太早了……」

「妳生病了是嗎？」

君枝表情僵硬。

「什麼病？」

即使我這麼問，君枝仍低著頭不說話。只聽得到雨打在屋頂上的聲音。

過了一會兒，君枝才抬起頭說：「沒什麼啦」，露出刻意的笑容。

——三年前那天也是這樣。明明下著雨，繁子卻看似心情非常愉快。我從沒看她露出過那種表情。穿著嫩草色的羊毛衫，戴有大顆翡翠墜子的項鍊，搽大紅色口紅，這些以前都沒看過。她就像個我不認識的女人，但是，那身打扮很適合她。

早上一起床，繁子就在客廳等了。一看到我立刻笑著說「早安」。前一天，她才剛從任職的醫院滿六十歲退休。桌上放著離婚協議書。

「努力工作到最後一刻，弘人也和君枝結婚搬出去了，現在我想獲得自由。今後的人生，只做自己喜歡做的事，為自己而活。」

離婚協議書已經填了一半，蓋上和繁子口紅一樣的朱色印章。我不明白到底發生了什麼事，張著嘴說不出話。繁子繼續說：

「就像你一直以來那樣。」

她的聲音像鉗剪剪斷零件時一樣尖銳。繁子抓起放在沙發上的肩包，不屑地啐了一句：

「塑膠模型那種東西……」

感覺就像被人拿鎚子砸了一樣。那怨毒的聲音至今仍在耳邊縈繞。我從來不知道繁子那麼痛恨塑膠模型。

「怎麼這麼突然……教我怎麼跟弘人說？」

我好不容易才擠出這句話，繁子一邊揹起肩包，一邊笑著說：

「他知道啊，那孩子可贊成了呢。」

贊成？他們什麼時候說了這些事的。我頓失言語，繁子像指示工作般俐落地說：

「離婚協議書，寫好之後拿給弘人。弘人會拿到我住的地方。那就這樣，麻煩你了。」

現在回想起來，我或許應該要說「等一下」或「我們談談吧」之類挽留繁子的話。可是那時我什麼都沒說。別說挽留了，我只能像個呆子愣站在那，看著繁子的背影離去。

「再見！」玄關門關上前，只留下繁子雀躍的聲音。

後來那段時間我是怎麼過的，已經記不清楚了。我不知道該做什麼才好，只是鎮日茫然。三天後，弘人來家裡。

「也難怪媽媽想離婚啊。爸爸從以前就只會把自己關在店裡，就算在家也不開口說話，連媽媽感冒都沒發現。有個只對塑膠模型感興趣的爸爸，我也一直覺得很痛苦……小時候我多羨慕朋友，放假時可以一家人去遊樂園玩，覺得有個陪他打球的爸爸真好。」

我什麼也無法回答，只能當著弘人的面簽好離婚協議書。那之後，弘人也很少跟我說話了。

為什麼不跟我說就好了？說她感冒了很不舒服。說他想玩傳接球。因為你們都不講，我才以為你們毫無怨言啊。事到如今才這樣，未免太過分了吧。說什麼心已經遠離到一個無法挽回的地方——

沒什麼啦。那樣說完之後，君枝一直不敢看我的眼睛。

「能對杉田太太說的事，不能對我說嗎？」

我這麼追問，君枝噘起嘴巴。

「吼，果然是杉田太太……真的不是什麼要緊事啦。」

「為什麼重要的事大家都要隱瞞我。每次都只有我不知道最重要的事，每次都排擠我！」

君枝嚇了一跳，朝我望過來。

「繁子和弘人都嫌棄我離開我了。是啊，對啦，是沉迷於塑膠模型的我不對。所以我不也乾脆戒掉了嗎！」

「爸爸也一樣，重要的事都沒說吧？別把責任都推給塑膠模型喔！」

我只想堵住耳朵，拒絕聽這犀利的指摘。

「囉唆！囉唆、囉唆！」

「你要去哪裡啦！」

我抓起雨傘衝出家門。雨勢愈來愈強了。

把店收起來之前，塑膠模型早就賣不好了。網路購物什麼的也是幫凶。原本偶爾還有小孩子來買機器人卡通的角色模型，四年前，車站大樓裡開了那家玩具店後，大家都跑去那裡買了。即使如此，我仍挪用存款維持經營，靠繁子支撐家計。

從前的日子多美好。客人沒有一天不上門。聖誕節前還會有父母偷偷跑來買塑膠模型，要求用禮物包裝紙包起來。過完年後，店裡都是帶著紅包袋上門的孩子。光看到孩子們一臉興奮拿起盒子看的表情，我就會很高興。有些孩子還會盯著店裡的成品看，給予稱讚，當我在店裡製作模型時，也會有孩子站在我身邊看得出神。光是看到他們我就心滿意足，感受得到大家對塑膠模型的喜愛，只要這樣就夠了。

可是，時代變了。

繁子決定退休時，我也決定把店收了。畢竟要再經營下去實在太難。剩下的人生，我想和繁子兩人一起過，靠老人年金過悠哉的生活。雖然夫妻之間對話不多，今後就能一起散步或泡溫泉了吧。想做模型的話，在家做就好。我想等店裡的事都處理好了，再好好跟她說。

沒想到最後卻是那種下場。繁子離家那天，正好是我在不動產公司簽下房屋解約手續的隔天。弘人打電話來告訴我繁子已經把離婚協議書送去公所後，老天彷彿不願意放過我，又讓我收到喜助的死訊。說是心臟病突然發作。喜助這個兒時玩伴，是我唯一能敞開心胸的對象。

我前往神社，鑽過鳥居，拿出放在錢包裡的大葉冬青。

這一定……是「凶」的意思。

根本沒拜託神明給我神諭，被說了播種，就得意忘形種下金盞花的種子，還打算傳授未央組裝塑膠模型的技術。結果竟然是「離別的悲傷」？到底要傷害我到什麼地步？神籤那傢伙不是笑了嗎？那一定是嘲笑吧。嘲笑這樣的我。

「神籤！喂！神籤！臭貓！」

這種東西。這種東西。我都已經活在不幸之中了，還要把我推落深淵嗎？

「叫也不會來的喔，神籤。」

回頭一看，良小弟撐傘站在那，他今天穿著袴服。

「怎麼了嗎？這麼生氣。」

「那片葉子，也不知道為什麼，我都丟了還跑到塑膠袋裡。」

「是啊，就是呢。刮那陣風時，我看見葉子被風吹進袋子裡了，可見神籤真的很想把這份神諭傳達給您呢……」

「這是凶訊吧。大凶。我才不要這種東西，給我大吉！」

良小弟先是沉默，又露出沉穩的笑容。那柔和的表情真的很像喜助。每次我生氣抱怨，喜助都會用這種表情勸導我。

良小弟一副好笑的樣子說：

「雖然這間神社只有正月才賣神籤，抽神籤這事可妙了。大部分抽到凶的人，都會想再抽一次。」

「…………」

「不知道是否不願接受自己抽到凶，還是以為抽到凶就是不幸，不想以抽到凶告終是人之常情。所以，如果在籤箱裡放很多凶籤，說不定神社就發大財了呢，哈哈哈。」

「那又不是我抽中的，是貓擅自丟給我的啊！」

我大聲起來，良小弟看著我說：

「木下先生，有件事您誤會了。神籤傳達的神諭並非顯示吉凶，只是把重要的事傳達給您而已。」

「……神的旨意也太狠了吧。金盞花枯了，孫女遇到危險的事……到底想傳達什麼重要的事給我啊？是想說我播下的是不幸的種子嗎？還是想跟我說，我這人就不是個東西？這種事我早知道了。」

雨下得更大。即使撐了傘，褲腳也已濕透。

「這雨看來一時半刻不會停，站在這裡不好講話，去社務所泡茶喝吧。有社區互助會長送的最中餅喔。」

舉起手中和菓子店的紙袋，良小弟這麼催促。

進入社務所，良小弟就開始在桌上泡茶。我三年沒來社務所了。喜助還活著時，店打烊後常來這裡一起喝酒。

「……怎麼還放在這？」

玻璃盒裡放著平等院鳳凰堂的模型。是我做的。喜助說他想要，我就連盒子一起送他。

「是啊，來到這裡的大家看了都讚嘆不已，很佩服喔。」

「在神社裡放寺廟的模型裝飾好嗎？」

我這麼一說，良小弟就一邊倒茶一邊笑了。

「神明在這方面很有彈性的，既然是美麗的事物，神明一定也會喜歡。」

他將冒著煙的茶杯放在我面前，我哼了一聲。

「才沒什麼神明呢。至少，從三年前起神明就不眷顧我了。」

「身為神職者，我很難同意您這個論點。」

良小弟遞上最中餅，我沒收下，接著說：

「店倒閉了，妻子要跟我離婚，兒子離開我，兒時玩伴又先走一步。我一口氣失去所有重要的東西，如果真有神明，如果神明真眷顧著我，怎麼會讓這些不幸接連發生……」

說到這裡我才驚覺，喜助的離世對我而言是失去兒時玩伴，對良小弟而言也是失去父親。

「你也一樣……喜助走時你也很傷心吧？難道不恨神明嗎？」

「悲傷是一定的，非常悲傷。」

良小弟露出微笑。

「可是，父親的死是不幸嗎？我不知道該不該這麼說。」

他的聲音平靜，我抿起雙唇。

「我向來有個主張。」

良小弟仔細地拆開最中餅的包裝紙，一邊這麼說：

「神明很少給單一個人什麼，當然，不能說完全沒有這種事。但是比起那個，我們身邊隨時都有一股人類無法戰勝，也超越人類智慧的壓倒性力量，反而是我們擅自從那裡拿走什麼或拒絕什麼的情形還比較多。我往往從這種狀況中感受到神明的存在。」

「好難懂……」

難懂歸難懂，這番話仍在心中迴盪。良小弟咬一口最中餅。

「比方說雨就是雨啊，人類會把下雨說成壞天氣，但天氣本身根本不分吉凶，就只是下雨而已。我雖然不能讓雨下或讓雨停，卻可以用下雨當藉口，邀請木下先生來喝茶。」

「……」

「所以今天下雨真是太好了。這就是我今天擅自從神明那裡得到的好處。」

舔掉沾在嘴角的紅豆餡，良小弟笑了。

和良小弟聊了一些喜助的往事，走出社務所時，雨已經停了。

拎著折疊傘回到家，家裡沒半個人。果然連君枝都對我失去耐性了嗎？

我一直不想對君枝產生好感。也不想認為未央可愛。和她們在一起，我一點也不願意覺得開心。因為，反正她們總有一天會討厭我，總有一天會從我身邊消失。

可是，已經太遲了。君枝和未央對現在的我來說已經太重要了。連一開始嫌麻煩的分擔家務事，購物時幫忙提袋子，或是和君枝一起去幫下課的學生當導護，我都已經樂在其中。和君枝鬥嘴，或是聽未央說口齒不清的話，也開始讓我感到幸福。

現在的我，是如此恐懼失去這些有她們的日子。

我其實很清楚。我一點都沒有不幸。到了這把年紀，還能獲得這段意想不到的溫柔時光。但也正因如此，我才拒絕接受。

因為，只有我單方面幸福太難受了。要是無法讓君枝和未央感受到同樣的幸福，最後我還是不幸。

喀嚓。傳來開門的聲音，君枝一個人走進來。

「我回來了。」

「……未央呢？」

「拜託水澤家照顧了。今天讓未央睡那邊，只有我回來。有點話想跟爸爸說。」

她要說的一定是想離開這個家了吧？畢竟我讓未央陷入那種危險，也不能怪她。

「我也跟杉田太太道謝了喔，她很擔心呢。」

「……………走。」

「咦？」

「不要搬走。和未央一起留在我身邊。」

我雙手撐住地板，向她低頭。

「絕對不會再玩塑膠模型了。我喜歡塑膠模型這件事，會給周圍的人帶來不幸。這次我真的真的明白了，所以，留下來吧。」

頓了一頓，君枝大大嘆口氣。

「我才不會搬走呢。這裡住得那麼舒服。」

我抬起頭，君枝扁著嘴強忍笑意。

「要是剛才那番話，您也能對媽說就好了。您根本不想離婚吧？客觀來看，當時媽是做得太過火沒錯，但爸爸您沒說她也不會知道啊。像您剛才對我說的這番話。」

「要是我說錯了，那很抱歉。」君枝先這麼說。

「可是，爸爸您是不是以為只要戒掉模型媽媽就會回來？類似跟神明交換願望一樣？我得告訴你一個殘忍的事實，媽媽已經不會回來了。她現在和別的男人住在一起喔。」

……又來了。

事情的進展，只有我一個人不知情。

但是不可思議的是，這次我感到安心。繁子現在過著幸福的新生活是嗎？我再等下去也沒用了是嗎？這樣啊，不用再等了啊。

君枝從櫃子上拿出藍寶堅尼的盒子。不知道什麼時候被她從垃圾桶裡救出來的。

「噯、我們兩人一起來組裝它吧？」

因為君枝叫我教她，所以我一邊把框架或湯口之類的名稱告訴她，一邊進行拆除零件作業。但是等到開始組裝時，立刻就發現了一件事。

「妳手法很熟練嘛。」

「是嗎？」

君枝一臉若無其事的樣子，把車頭燈安上車身。處理這些小零件時的手勢，該怎麼說才好呢，似乎做得很習慣。沒有初學者拿零件時那種不知所措。

站在教學者的立場，因為君枝手巧又優秀，不到一小時塑膠模型就組裝完成了。四十三分之一比例的藍寶堅尼Urus。價格只要一千圓左右，但連引擎都有，用料也很實在，看上去一點也不廉價，算是很不錯的商品。紅色車身發出傲人的光澤。

君枝雙手捧著藍寶堅尼，無言地遞給我。

「唔、幹嘛？」

「爸爸，您果然不記得我了。」

把藍寶堅尼放在桌上，君枝說：

「小學四年級的時候，哥哥去參加校外教學旅行，我不小心把他的模型弄掉在地上摔壞了。記得是一輛白色的SKYLINE吧，後照鏡掉了，引擎蓋也裂開。我嚇得臉色發白，立刻衝到木下模型店。」

「可是妳小時候不是住在千葉嗎？」

君枝聳聳肩。

「嗯，五年級之後。那之前我們家住在綠地公園後面的國宅。我二十歲後，一家人再次搬回來這邊。」

「我怎麼不知道。」

「因為我沒說啊。」

君枝露齒嘻嘻一笑，重回剛才的話題。

「我沒有錢買新模型，心想不知道能不能請人幫忙修好，就這樣跑進店裡。一進去就在角落的作業台旁看到老闆叔叔。」

「是我喔？」

「對啊。您那時正在製作非常精細的客船模型，連我靠近也沒發現，一臉認真。台子上有好多瑣碎的零件，叔叔卻毫不猶豫，一一拿起零件組裝。看起來就像零件被船身吸過去似的。看在我眼中，叔叔整個人身體都在發光，那就是所謂氣場吧。於是我心想，」

一個呼吸之後，君枝喃喃地說：

「我心想，這個人一定是神。」

我難為情到了極點，君枝卻語帶興奮地繼續。

「我說了五次不好意思不好意思，叔叔才終於察覺我的存在。說明緣由後，叔叔拿起SKYLINE看了一眼，只丟下一句『明天來拿』。」

有這麼個小女生來過嗎？聽她一說好像確實有這回事，但我不記得了。

「隔天，放學後我立刻衝到模型店。結果真的修好了。我好感動，什麼裂痕，完全看不出來。而且，叔叔還不跟我收修理費。」

「後照鏡掉下來只要黏回去，引擎蓋的裂縫先用油灰填補，再研磨表面就好。白色塗料的型號我大概有個底，重新塗裝也不是什麼難事，怎麼能為了這種事跟小學生收錢。」

「對爸來說或許很簡單，對我來說那簡直已超越人類智慧啊。因為怕被罵，原本想瞞著哥哥的，也因為太感動就老實跟他說了。」

我差點笑出來。什麼超越人類智慧，這不是先前良小弟說的話嗎？

「後來我們很快就搬家，也不能再去模型店了。可是，那就是我與模型命中注定的相遇。」

「命中注定？」

君枝拿出一張照片。

照片中，比現在年輕許多的君枝，站在一個洋房模型旁。

「這是……」

「很厲害對吧？」

獎狀上寫著「娃娃屋競賽 優勝 水澤君枝」。

「一開始我模仿叔叔做船或飛機的模型，高中開始對娃娃屋覺醒。說我的人生是跟娃娃屋一起走來也不為過。未央出生後暫時忍耐沒繼續做，但那樣的壓抑，開始朝好的方向爆發。我一邊餵奶一邊下定決心，不久的將來一定要開一間賣娃娃屋的店。」

君枝的眼神投向遠方，從她的視線中，看得到一股熱情。

「現在工作的雜貨店大家都很支持我。前陣子還讓我製作了娃娃屋的樣本放在店裡。我正在儲蓄資金，已經快達到目標金額了喔。也在附近找到不錯的店面，準備開店的同時繼續在雜貨店學習經營的訣竅，明年春天就能開店了。」

好厲害啊。

我大受感動，望著君枝看傻了眼。這傢伙也要擁有自己的店了嗎？

君枝拿起藍寶堅尼，再一次遞給我。

「爸爸，和我一起再開一次店吧。」

我以為自己要停止呼吸了。君枝向前探身。

「爸爸賣的當然是模型嘍。不，您只要在角落製作模型就好。那樣就會是店裡最好的宣傳。」

令人心動的提議。可是，這種心動的感覺也讓我害怕。

「現在已經不流行塑膠模型那種東西了。」

「我們來把流行帶動起來就好啦。可以舉辦工作坊，應該也很有趣，邀請親子客人上門之類的。開一間以娃娃屋和塑膠模型為主的模型專賣店。」

真的……真的會有這種像作夢一樣的好事嗎？一口氣發生了太多事，我說不出話來。看到我這樣，君枝愧疚地說：

「一直瞞著您真抱歉。當我知道聯誼時認識的弘人就是那個叔叔的兒子時，也真嚇了一大跳。畢竟木下不是罕見的姓氏，弘人又什麼都沒說。是在要去跟爸媽報告婚事的前一天，我才聽弘人提到模型店的事，真的好驚訝。」

「為什麼至今都沒說……」

君枝先是語塞，然後囁嚅著說：

「弘人叫我不要講……」

說的也是。我能理解，這也是沒辦法的事。我的光榮事蹟，聽在弘人耳裡想必不是滋味，也不想討我歡心吧。

「看來他真的很討厭我。」

這是早就知道的事。然而，君枝卻歪了歪頭。

「是嗎？老實說，我覺得很意外。調職的事情決定時，聽到我說想帶未央搬來這個家住，弘人是很高興的喔。他跟我說『謝謝妳，這樣我才能放心，爸爸就交給妳了』，還一臉快哭出來的樣子。雖然後來就什麼都沒說，跟之前一樣裝作若無其事的樣子就是了。你們木下家的人喔，真的每個都很麻煩。」

弘人……弘人他說了那種話嗎？還以為他是拗不過君枝才勉強同意的，他竟然還跟君枝道謝。還說什麼這樣就放心了。真的嗎？

「弘人他不是討厭塑膠模型，只是嫉妒而已。他說小時候，爸爸在做模型時總對他說『不要過來！』『不要碰！』讓他覺得很悲哀。覺得爸爸愛模型勝過自己。他後來對爸爸的態度，其實是因為太愛爸爸的緣故。」

啊。這麼一說我也心裡有數。模型店剛開那陣子，我在製作模型時，不小心把顏料弄掉在地上，那時弘人靠了過來，我怕他吸到顏料揮發的氣體會不舒服，就要他別靠近。弘人想伸手去摸塗裝到一半的模型時，我也不准他碰。這種事情或許都發生過不止一次兩次。

這樣啊。是因為這樣，弘人才不想來店裡的嗎？因此才會一看到模型就露出嫌惡的表情嗎？明明我是為了弘人好，卻沒能好好讓他感受到模型的優點和父親的愛。

「我果然……沒能好好播下種子。連金盞花也種得枯萎了。」

君枝輕輕搖頭。

「種子原本就是會自己隨處飄的東西，飄到爸媽不知道的地方，擅自開花結果。不只是我，來過模型店的小孩和大人，現在一定都在什麼地方開出了自己喜歡的花。」

用力握住我的手，君枝說：

「爸爸一直在那間店裡散播種子喔，散播了許多許多。」

君枝的手很溫暖，也很柔嫩，教人想不通她到底生了什麼病。或許她不想說，但我無論如何還是想問清楚。只要能治好君枝的病，什麼我都願意做，什麼都願意做。

「妳的病到底是……」

我吞吞吐吐開口，君枝整個人跳起來轉身：「啊，真是的！」
「還是非說不可嗎？痔瘡啦，我得了痔瘡！」
「痔……」
君枝鼓起臉頰，連珠砲似的說：
「我也是有羞恥心的好嗎，這種事才不想告訴爸爸呢！看醫生那天，正好遇到去探望曾根太太的杉田太太。為什麼綜合醫院的候診室要做成開放空間呢？我就坐在肛門科外面等，想否認都不行。」
「那她說……什麼手術……」
「把痔瘡拿出來，傷口再塗上藥，就這麼簡單啊。只是手術完有幾天坐下來會痛而已，現在幾乎痊癒了，沒事的。放屁時要小心一點就是，要像相撲立士那樣蹲大馬步放。」
「哇哈哈哈，那妳不就是君枝山。」
「看吧，被你取笑了。真的很痛耶。」
君枝嘟著嘴，露出小學女生般天真無邪的笑容。

我散播的種子在君枝心中茁壯成長，下次或許輪到其他人從君枝那裡獲得種子了。心意這種東西，或許就像這樣，在無意之間傳播開來。

既然如此，我只要繼續熱愛模型下去就好。

就算不知道種子擅自飄到哪裡，開出了什麼花——

我製作了飛機。

也製作了船舶、汽車，有時製作一整個城市。

看到這些精巧的成品，孩子們睜大雙眼。在孩子們的身邊，當年的孩子現在已經成為父親，一臉懷念的表情拿起塑膠模型的盒子。

娃娃屋的工作坊也吸引了很多人參加。一個人，又一個人。

大家都熱衷於創造小小的世界，專注得臉頰發紅，眼神發光。

不過那些又是今後的事了。

我只要繼續當個喜歡模型的老爺爺就好。只是，神明一直都在這個老廢物身邊。

[第五片]

正中間

the words from
"MIKUJI"
under the tree

對我而言最美的東西，對別人而言卻很噁心，所以我不再告訴別人自己喜歡什麼。收在自己心中，不讓他們碰觸，不讓他們弄髒。

可是這麼一來，我就不知道該說什麼才好了，很快地，我成為「不說話的陰沉傢伙」。事實上，不管我是個什麼樣的人，對大家來說，「深見和也」就是一個那樣的轉學生，這也是沒辦法的事。

其實，一開始我也不是沒有努力過。

在七月這個不上不下的時期轉學過來的我，站在即將放暑假而躁動不安的教室裡，集所有人目光於一身。之前讀的小學一個學年只有一班，班上也只有二十五人，轉到這裡之後，聽到級任導師牧村由紀老師說「從今天起你就是四年三班的學生」時，我真是嚇了一跳。這所小學的四年級有五個班，一個班上有四十個人。教室裡擺滿了課桌椅，坐滿了學生。我握住微微顫抖的指尖，站在黑板前向同學自我介紹。沒有人回應，大家只是面無表情看著我，讓我感覺非常侷促不安。

那天，班上沒有人來跟我講話。只是不時感受得到瞄向我的視線。

放學前的班會結束後，眾人作鳥獸散，教室裡只剩下四個男生，正在討論等一下要去哪裡玩。我鼓起勇氣靠近他們，盡可能用開朗的語氣說：

「那個……我也可以一起嗎？」

空氣瞬間凝結。四張臉，八隻眼睛集中在我身上，下一瞬間，八隻眼睛同時在彼此之間游移。

怎麼辦？怎麼辦？怎麼辦？怎麼辦？

即使不用開口，交錯的眼神也說明了他們正這麼詢問對方。

我內心滿是後悔，後悔自己犯下這種失誤。就在這時，其中體格最高大的男生看著我說：

「去你家玩就可以。」

其他三人也用看珍奇生物的眼神望著我，等待我的回應。我心裡其實是有點為難的。因為答應過媽媽，她不在家的時候不讓陌生人進家門。不過，只要我不講，她也不會知道。再說，這些人今後可能成為我的朋友，朋友說想來家裡玩，何嘗不是一件值得高興的事。

於是我把地址告訴他們，約定三十分鐘後見。我急忙跑回家，把眼睛看得到的東西收拾好，確認冰箱裡有一壺冰麥茶，拿出數量足夠的杯子等待。

不知道他們是否在哪裡先會合了，四個人一起抵達我家。說「去你家玩就可以」的那個男生叫岡崎，他的塊頭特別大，後來才聽說似乎從小就學柔道。在岡崎帶頭下，四人魚貫走進玄關。大家在客廳裡找自己喜歡的位子坐下，擅自打開電視看。「有PlayStation嗎？」他們這麼問。我回答「沒有」。「那有Wii嗎？」這個也沒有。

我問他們：「要不要喝麥茶？」他們反問：「沒有果汁嗎？」抱歉，也沒有。

岡崎說「來玩那個吧」，從背包裡拿出遊戲卡牌。其他三人也各自拿出自己的卡牌，圍著餐桌開起遊戲大會來。那是我不知道的遊戲，四人座的餐桌又被他們佔滿，我只能站在旁邊看。他們四個人玩得興高采烈，我卻像不存在似的站在那裡，甚至想輕捏自己手臂，確認自己是否真的在這裡。說不定我在不知不覺中變成幽靈了吧。

遊戲玩到一個段落，岡崎站起來，在我家裡走來走去。廁所、浴室、爸爸和媽媽的臥室。另外三人跟在岡崎屁股後面，我則提心吊膽地跟著他們四人。聽他們數落「房子好小」、「好舊」、「好髒」之類的，內心湧現一股歉疚。最後他們走進我房間，岡崎查看書櫃上的漫畫後說「沒什麼了不起的東西嘛」。

「那是什麼？」

岡崎指著放在窗邊層架上的兩個瓶子，我內心湧現一絲期待，因為岡崎似乎對我的寶物頗感興趣。

放在果醬空瓶裡的，是在前個學校校舍採集的東亞砂蘚。那是生長在杜鵑花間的苔蘚，潮濕時會變成星形，很可愛吧。

另一個放在佃煮空瓶裡的是搬家前，在上一個家的院子採集的波葉立蘚，我最喜歡那溫柔的波浪形外表了。苔蘚很有趣喔，沒有泥土也能生存，因為是經由葉片吸收空氣裡的養分。包括水泥及石牆，到處都能看見苔蘚，在不妨礙其他植物的情形下努力存活。

因為想讓苔蘚在喜歡的地方生長，所以我很少採集，否則感覺太對不起它們了。不過，只有這兩種，當作紀念採集下來跟我一起搬家。

「那個啊，是我的……」

不聽我說明，岡崎高舉瓶子窺看。

「嗚哇，什麼鬼。這傢伙竟然在蒐集黴菌。」

其他三人擁上岡崎身邊，跟著大呼小叫。

我的心像洩了氣的氣球。那才不是黴菌，是我很寶貝的東西。我想大喊，喉嚨卻塞住似的發不出聲音。

「你不該叫深見，應該改叫深菌。」

岡崎的提議，引發眾人一陣爆笑。

我也想跟著笑。只要笑出來，對大家和對我來說，這就會變成小事一件。我這麼想，但眼淚卻擅自流下。察覺這點的岡崎一臉不悅。

「那個……是苔蘚。」

我用顫抖的聲音盡力說明，岡崎卻粗魯地放下瓶子。

「黴菌和苔蘚都一樣，好噁心。」

才不一樣。岡崎對苔蘚一點也不了解。黴菌不是植物，是細菌吧。那些菌可是苔蘚的大敵呢。為了不讓這些寶貝苔蘚發黴，我非常小心照顧。竟然把只有害處的惡徒黴菌，和低調又純潔的苔蘚混為一談，我打從心底反對這種事。

岡崎跟其他三人說「來玩吧」，四人便回客廳去了。我奔向窗邊，太好了，苔蘚沒事。至少岡崎沒有亂搖晃瓶子，算是不幸中的大幸。當然，瓶子裡也沒有發黴。

再次玩起卡牌遊戲的岡崎他們，玩了三十分鐘左右就回去了。從那天起，我成了深菌。

後來很快放了暑假，儘管一心期待進入新學期能有什麼改變，可惜我依然是深菌，沒能和任何人打成一片。沒有人對我暴力相向，我也沒有被惡整，這類引人注目的事並未發生。稱不上被排擠，只是誰都不會主動跟我說話，我也不會主動跟誰說話，下課時間和放學後，我總是自己一個人。

抽籤換位子時，牧村老師跟原本抽到我旁邊的同學說了些話，後來我旁邊就換成了岡崎。當下，我覺得自己像被人潑了一身鉛。

「唷，深菌。」

岡崎笑嘻嘻地在我旁邊坐下。

接下來的日子就像地獄。不管做什麼，岡崎都會大聲干涉我。擅自檢查我的鉛筆盒，說鉛筆太少，要我多帶一些。又說我工藝課畫的圖太草率，要幫我畫。盡是這些令人厭煩的事。不知何時岡崎成為「負責帶我的人」，其他同學更不願意靠近我了。

一開始覺得奇怪，很快就知道原因。放學後，牧村老師叫住我。

「深見同學，已經適應學校了嗎？」

輕飄飄的裙襬搖曳，今年剛成為教師第三年的牧村老師。總是穿有花邊或蝴蝶結的衣服，號稱和學生相處起來像朋友，是很受歡迎的老師。還有一雙大眼睛和翹翹的睫毛。

我輕輕點頭（也只能點頭了吧），牧村老師立刻高興地雙手合掌。

「太好了。同學們馬上就幫你取了綽號，跟你做好朋友了對吧。深菌，聽起來好像什麼吉祥物的名字，很可愛不是嗎？」

「跟你做好朋友了。」

老師不知道這個綽號的由來，會說那種話也沒辦法。比起這個，更讓我受傷的是這個。牧村老師稍微蹲低身子說：

「要是有什麼不懂或傷腦筋的事，都可以問岡崎同學喔。老師已經交代過他，要他好好幫助深見同學。」

那張偶像明星般漂亮的臉微微傾斜，牧村老師露出自豪的笑容。原來如此，原來是這麼回事。我全身無力，差點頹坐下去。話明明已經說完了，牧村老師卻站在我面前不動。我立刻領悟，她是在等我道謝。

「……謝謝老師。」

「不客氣。因為我看你下課時間總是自己一個人，好可憐。」

牧村老師一臉滿足，塗了兩層指甲油的手一揮便揚長離去。

下課時間，比起聚在一起大聲喧譁的同學們，獨處的我似乎更醒目。這時我才知道，原來對牧村老師來說，我是個「可憐的學生」。

從靜岡鄉下地方搬到這裡，是因為「父親工作的關係」。我只這麼聽說。不過，半夜也曾隱約聽爸媽提到爸爸的公司「很危險」，或許這才是真正的原因。從原本住的獨棟兩層樓平房搬到東京這間公寓來不久，爸爸就開始在朋友任職的玻璃工廠工作，媽媽也開始去超市做收銀台的打工。

在那之前一直是家庭主婦的媽媽，因為做了不習慣的工作，每天憔悴不堪。即使如此，她還是很關心我，動不動就擔心地問：「學校怎麼樣？」

很開心喔，老師很溫柔，班上同學都很有趣。我換著詞彙說這些類似的話。

儘管下課時間落單對我來說不是什麼困擾，看在父母眼中，自己小孩沒有朋友可是非常嚴重的問題。

爸爸開始值夜班後，晚餐經常吃超市賣的現成配菜。對這事我沒有太大怨言，只是，每次兩人獨處時，媽媽總是講一樣的話。今天也是。

「和也，學校沒問題吧？有沒有被霸凌？」

「沒問題啦。」

我笑了。真的沒問題喔，媽媽。我沒有被霸凌，只是格格不入而已。

「這樣就好。牧村老師也說這間學校沒有霸凌的問題。」

我默默喝下味噌湯。媽媽像想起什麼事，起身說：

「今天啊，打工地方的人給了我這個。」

她遞給我一張傳單，是公文數學補習班的免費體驗課程。

「聽說這邊的小孩，大家都會去補習或學才藝。雖然家裡沒錢供你學什麼，公文數學應該還可以。反正是免費體驗課，你就去聽看看也好？」

我收下傳單，其實沒太大興趣，只是無法拒絕媽媽拚命擠出的笑容。

「嗯。我會去看看，是下星期三吧。」

我強裝快活地答應，咬一口現成的炸肉排。

星期一，朝會時發生了一場小小的騷動。

暑假功課有一項「製作關於和平的標語」，每個班級選出一名優秀獎，在朝會上頒獎。所有人聚集在悶熱的體育館，被叫到名字的人輪流上台。我們這些站在台下的學生完全無聊沒事做，最討厭的是頒獎典禮很耗時間。

忽然牆邊傳出驚呼。似乎是山根老師昏倒了。山根老師是個皮膚白皙的高瘦男老師，負責帶四年二班。年紀和牧村老師一樣大，卻不像她那麼有活力。山根老師總像隻驚弓之鳥，而且瘦得乾巴巴的。

趴在地上的山根老師身邊圍了好幾個老師。比起講台上發生的事，學生們更關心這邊的狀況。我也踮起腳來看。

這時，一個白色高大的影子快速跑上前。有那麼一瞬間，看上去像穿白色披風的超人。其實是穿白袍的保健室姬野小百合老師，她身材肥胖，頭髮粗捲，手臂和腿都很有分量。姬野老師輕聲對倒在地上的山根老師說話，手迅速伸進他身體底下。

輕輕鬆鬆地，姬野老師像王子抱公主般抱起山根老師。她的動作實在太迅速，把我看得目瞪口呆。

學生們發出大爆笑，笑聲幾乎把體育館震成兩半。其他老師也在笑。可是我沒有笑，我完全不知道哪裡好笑。

山根老師沒事吧？再說，好帥氣啊，好帥氣啊，姬野老師。

姬野老師把山根老師放在體育館角落，那裡的門是打開的，很通風，陰影底下看起來也比較涼快。姬野老師脫下身上披的白袍，捲成枕頭，墊在山根老師腦後。

「山根被捕獲了啦。」

岡崎這麼說。他周圍的人一陣哄笑。我不經意與岡崎四目交接，大概因為只有我沒笑，他惡狠狠地瞪了我一眼。於是，我只好試著揚起嘴角。臉頰抽痛不已。

姬野老師平常絕對稱不上親切，反而該說她看上去總是板著一張臉。眉毛很粗，眼睛瞪得大大的，身上披的白袍緊繃得幾乎扣不上釦子。學生們對姬野老師的態度可過分了，在走廊上即將擦身而過時，總會用她聽得見的聲量說「嗚哇，來了」，甚至有人故意把身體貼著牆壁躲開她。「姬野小百合」這個以大眾角度來說非常可愛的名字，竟也成了學生們嘲笑她的題材。

牧村老師說這間學校沒有霸凌，可是，這種事難道不算霸凌嗎？對學生與學生之間的糾紛處理得小心謹慎，看到學生對老師做出這種殘忍的事，學校卻一點反應也沒有。

第四堂的下課鈴聲一響起，我就開始覺得胃部變沉重。自從上次換完座位後一直這樣。

吃營養午餐時，如果有絕對不敢吃的東西，可以請打菜的人避開，吃不了那麼多的話也可以減少分量。我討厭的食物不多，只是最近吃得愈來愈少。今天連一口都不想吃，但也不能真的不吃吧。奶油燉菜和鮪魚高麗菜沙拉都是我最愛吃的東西，可是完全沒有食慾。剩著沒吃完肯定又會引起騷動，只好各裝了一口。

回到座位上，岡崎就坐在眼前。因為吃午餐時得把桌椅轉向，和隔壁同學面對面吃飯，岡崎自然會出現在我對面。

在國語課上意見不合，理科一起做實驗或課堂上的分組活動，我都勉強熬過來了。只要轉移注意力，專注於手邊的事或埋頭寫筆記，總能度過那段時間。唯有午餐時間無處可逃。面對令我緊張的對象吃飯，原來是一件這麼痛苦的事，以前我都不知道。岡崎看著我的午餐挑剔：「搞什麼啊深菌，你就吃那麼一點？」「這樣會長不大喔！」

岡崎用老成的語氣這麼一說，同組同學都笑了。我也低下頭揚起嘴角。這種狀況看在牧村老師眼中，就是「大家都跟我做好朋友」。說的也是啦，大家並沒有惡整我。那為什麼我會產生這麼不舒服的感覺呢？

岡崎說起我不懂的遊戲話題，和同組同學故意在我面前笑得很大聲，或是說其他人的壞話，強迫周遭人同意他的意見，再不就是聽他自我炫耀，其他人不得不發出「好厲害喔」的稱讚。我盡可能不去看岡崎，想辦法吞下奶油燉菜。煮營養午餐的阿姨，對不起，一定很好吃，只是現在的我吃不出味道。

星期三放學後，我去了那間公文數學補習班。

按照傳單上的地圖找，找到一棟老舊大樓，招牌掛在三樓。一樓店鋪似乎無人使用，拉下了鐵門。

搭上發出喀答喀答聲的電梯上到三樓，打開補習班的門。媽媽事先跟對方聯絡過，教公文數學的老師一看到我就笑著說：「是深見和也小弟吧，這邊請。」走向對方要我坐的位子時，心跳差點停止。坐在那裡的竟然是岡崎。

「咦？這不是深菌嗎！」

岡崎旁邊的好幾個人一起轉過頭來看我，可能是學校裡不同班的同學，或根本是其他學校的學生。總之，都是我不認識的人。我動彈不得。

「這傢伙叫深菌，你們知道為什麼嗎——」

岡崎故意吊人胃口，洋洋得意地說。住口。別說了、別說了。我好想回家。打從一開始就對補公文數學沒興趣，只是如果現在回家，老師一定會聯絡媽媽。我不想讓沒事就夠擔心我的媽媽知道這些事。

我默默坐在位子上，岡崎像在分享機密似的低聲說了些什麼，聽到的同學一邊大笑一邊說：「不會吧！」

老師拿了數學講義來，我專心看題目，乘法問題的數字卻在紙上散亂成一片，進不了腦袋。

公文數學下課後，我趁岡崎和其他人講話時迅速離開。要是直接循來時路回去，恐怕又會遇上他。於是，搭電梯下到一樓，我立刻從大樓旁邊的窄巷轉出去。隱約看得到巷子底有一間神社。

來到神社前，正好有人走出來。是個女人和一個小男孩，一定是母子。媽媽的髮型綁得很時髦，還穿著一條水藍色的裙子。小男孩笑咪咪地和媽媽手牽手。和我家媽媽的憔悴模樣相比，他們看上去從容不迫，感覺好幸福。這位媽媽肯定不用兼差，只要待在家裡就好。如果真是這樣，那就太教人羨慕了。我要是能不去學校，一直待在家裡有多好。

從石造鳥居底下穿過，右邊有個手水舍。在那裡洗了手，才發現我忘了帶手帕，只好在褲子上抹乾。環顧神社，心裡鬆了一口氣。除了我之外沒有別人，太陽要下山了，氣溫涼爽起來。

站在參拜殿前，不假思索用力搖鈴。鈴鐺發出低沉的噹噹聲，應該有傳遞給神明了。不過我沒有香油錢可投，怎麼辦？

雙手合十閉上眼睛，我先為此事向神明道歉。沒錢還來許願，真是對不起。不過，請聽我說。

請保佑我上學不再感到痛苦。

睜開眼睛看參拜殿，裡面有類似神轎的東西，和一面圓圓的鏡子。神明不知道長得什麼樣，是否聽見我的願望了呢？

眼睛直接往上移，神社的屋頂映入眼簾，我不禁微笑起來。那是銅瓦屋頂，圍起參拜殿的石牆角落生長著一片青苔，看上去像蓋了一條手帕。看吧，果然有。我就知道。這叫劍葉舌葉蘚，經常生長在銅瓦屋頂下方，是寺廟或神社常見的苔蘚，頗有一股沉穩的味道。我蹲下來，用手指觸碰。這時，身旁忽然有團黑色東西竄過。

是貓。背部有散發光澤的黑毛，腳上則是白毛，像穿著白襪。

貓以流暢的動作跳上樹下的紅色長椅。耳朵和眼睛周圍也都是黑色，只從額頭到脖子是一片三角形的雪白毛色。

兩隻前腳併攏，像折起後腿坐著，這隻貓很有氣質，很漂亮。牠一直盯著我看，簡直讓人想問「有什麼事嗎？」。我走向長椅，向貓搭話。

「可以坐在你旁邊嗎？」

貓點點頭。

怎麼可能有這種事？可是，牠看起來真的像在點頭。我輕輕坐上長椅，貓還是一直仰頭看我。牠有一雙金黃色的透明眼瞳，我忍不住坦言：

「……上學好痛苦。」

貓依然盯著我看。

「尤其是吃營養午餐的時間，真是痛苦得受不了。就算下次換位子，牧村老師或許還是會多管閒事，讓岡崎繼續坐在我旁邊。在學年升級前還得忍耐半年，這半年對我來說實在太長了。再說，一想到明年也可能同班，我就沒有自信繼續承受下去……」

說到一半，貓忽然用頭磨蹭我的腿，我一陣想哭。牠是在安慰我嗎？我輕輕伸出手，摸摸貓的頭。

柔軟強韌的毛，下面是一層薄薄的肉，再下面有骨頭。我感受著這一團溫暖的生命。貓不會說謊。我沒必要硬逼自己笑。也不用顧慮無謂的事。誠實的貓陪在誠實的我身邊，這件事帶給我非常安詳平靜的心情。

眼淚滴滴答答流下，哭濕了貓的背。貓一副很舒服的樣子閉著眼睛，把身體靠在我身上。傘柄般的尾巴安靜地微微搖晃。

「謝謝你喔。」

我這麼一說，貓就緩緩起身，溫柔地露出微笑。我自己也知道這麼說很奇怪，但牠真的微笑了。接著，貓跳下長椅，朝樹根走去。屁股上有個白色斑點，像蓋上白色的星形印章。

我站起來，走到貓的身邊。那棵樹上長滿茂密的綠葉，仔細一看，葉片背面好像寫了什麼。這是明信片樹！靜岡的郵局也有，在葉片上刻字就會留下咖啡色痕跡。課外教學時老師曾一人發了一片給我們寫，只要貼上郵票，就能當作明信片正式寄送。我寄了夏季問候明信片給奶奶，好懷念啊。

這裡的樹葉背面，有的寫著「闔家平安」，有的寫著「想成為現充❸」。這時，貓繞著樹轉起圈圈，因為好像很有趣，我也跟在牠後面一起繞。不料貓忽然開始狂奔，我嚇了一跳，還站在原地不動時，貓已經像龍捲風一樣繞了好幾圈，

❸ 意指現實生活過得很充實的人。

接著又猛地停住，舉起左前腳。肉球像按開關一般壓在樹上，一片樹葉就這樣輕飄飄掉落。

正中間。用片假名寫成的這幾個字看起來也像某個外國地名，又或者是人名。不過，我想這指的應該就是日語的「正中間」。

「正中間，就是位於中間的正中間？」

我問那隻貓，牠歪了歪頭，像在回答：「你說呢？」一溜煙跑掉了。我懂了！是尋寶的意思！這間神社的正中間應該藏著什麼。

我想追上貓，但是牠跑得很快，已經不知道去了哪。原本以為牠要幫我帶路，這下我可不知所措了。即使如此，我依然難耐興奮的心情，開始在神社裡東張西望。哪裡才是正中間呢？參拜殿與明信片樹之間有道細細的階梯，上面可能有什麼。神社的形狀似乎很複雜，我拿著那片葉子抬頭看階梯。只看得到下方長滿深綠茂密樹葉的樹。毫無人煙這一點讓我有點害怕，可是，貓都特地告訴我了。我咬緊牙根，踏上階梯。

愈往上走，綠意愈濃。我盡可能什麼也不想……換句話說，抹去這裡可能有天狗或盜賊潛藏其中的想像，一步一步數著階梯爬上頂端。總共有四十五階。

階梯上有個比下面更大的社殿，鈴也更氣派。兩邊站著宛如看門狗的狛犬。左側有個略高的小丘，和一個僅能供一人從底下鑽過的小鳥居，以及一面紅旗子。附近圍繞了幾棵高大的樹，樹葉發出沙沙聲。

聽見腳踩落葉的聲音，社殿裡出現一個巨大的身影。是熊嗎？我嚇得跳起來，一屁股跌坐在地。

「哎呀，你沒事吧？」

不是熊，是一位身穿藍色工作服的大叔。雖然有一副魁梧的身軀，聲音卻挺溫柔。大叔伸手把我拉起來。

「嚇到你了，真是不好意思。」

大叔另一隻手上握著竹掃把，是在這裡打掃的人嗎？

「天要黑了喔。」

「請問，這間神社的正中間是哪裡？」

「正中間？這個嘛，會是哪裡呢……」

大叔摸著下巴，露出認真思考的神情。

「是貓的尋寶喔。」

我遞出葉子，大叔發出「喔喔」的聲音，表情亮了起來。原來這位大叔也知道尋寶的事啊。

「你獲得了好東西呢。運氣真好。不過，寶物不一定在這神社裡喔。」

「這是什麼意思？那隻貓是怎麼一回事？」

「我們叫那隻貓『神籤』，這葉子上的字是給你的神諭，請好好珍惜。」

「神諭？不是尋寶嗎？」

「嗯……和你想的可能有點不一樣。但我認為尋寶這說法倒是很適合用來形容。能不能很快找到寶物，我也不知道就是了。」

聽見烏鴉叫的聲音。夕陽照在大叔臉上，把他的臉照得一片通紅。

「好了，你還是快點回家吧。」

大叔微微一笑，我左顧右盼，想找找看那隻叫神籤的貓有沒有在附近。可惜沒看見。

「還可以再來嗎？」

「當然，隨時歡迎。」

回頭往階梯下方看，看見寬廣的街道。我和大叔一起走下階梯，鞠躬道謝後，我就回家了。

隔天早上，岡崎問：「你要來補公文數學嗎？」我盯著橡皮擦回答「不知道」。和岡崎說話時，我總是低著頭，視野裡沒有岡崎。看著岡崎的臉說話只是一瞬間的事，接下來不是看自己的手，就是看筆記本或黑板，站著的時候就看腳上的室內鞋。光是與他四目相對，我就會緊張得全身僵硬。

骨骼似乎粗壯又結實的岡崎給人一股壓迫感。我總覺得會被他吸走什麼，身體愈縮愈小。明明是同班同學，感覺就像老鼠面對大象。

牧村老師走進教室，站在講台上。

「正中間」。我想起神籤的神諭。我偷偷把那片葉子帶在身上，夾在苔蘚口袋圖鑑裡。所謂正中間，指的會是哪裡呢？比方說，學校的正中央？教室的正中央？

老師說：

「今天班會要決定合唱比賽的指揮和鋼琴伴奏。班長副班長，請你們擔任班會司儀。」

「是——」

岡崎站起來。因為他是班長。副班長楠田也走到前面。

「有人自願嗎？」

岡崎掌控全場，楠田拿著粉筆站在黑板前，顯然甘願把司儀工作完全讓給岡崎，自己徹底當個書記就好。

沒有人自願出來選指揮。

「沒有人自願的話，就要用推薦的了。」

看準這個時機，日下部說：「我覺得岡崎很適合。」日下部是我轉學來那天，一起來我家玩的四個男生之一。

「咦？喔，我是可以啦。」

岡崎裝出驚訝的樣子，其實事情的發展完全按照他寫的劇本吧。姑且確認了還有沒有其他人要推薦，結果當然誰也沒舉手。牧村老師鼓掌說「那就這麼決定了」，班上同學也學她拍手。包括我在內。

我赫然一驚。

在這間教室裡，岡崎就是正中間。察覺這一點，我感到很失望。不過，或許就是這樣。只要跟在身為正中間的岡崎屁股後面，岡崎說什麼都笑著贊成，一切就能圓滿解決了吧。

難道這就是寶物嗎？

鋼琴伴奏人選遲遲無法決定。既沒有人自願，兩個因為學過鋼琴而被推薦的女生也都不願意當伴奏。

「那就用表決方式，從松坂和遠藤當中選一個吧。」

岡崎強硬地推動表決。松坂大聲說：「等一下！」

「我得了肌腱炎，最近鋼琴都休息不彈了，所以沒辦法擔任伴奏。」

岡崎說了聲「是喔」，二話不說接受了這個說詞。松坂平常就是個直來直往的爽朗女生，她這種直接了當的說話方式，讓岡崎沒有反駁的餘地了吧。像是從中間飛過的直球。這也是「正中間」，我恍然大悟，輕輕點頭。

於是，岡崎一副理所當然地做出結論：

「那就麻煩遠藤擔任伴奏了。」

遠藤肩膀一抖，鐵青著臉微微搖頭。遠藤向來文靜，絕對不是自我主張強烈的類型。她是真的不想當伴奏。總不能因為人家學過鋼琴，會彈鋼琴，就一定要她當合唱比賽的伴奏吧。

「……我做不到。」

遠藤用微弱的聲音這麼一說，岡崎就挑了挑眉：

「遠藤同學也得了肌腱炎嗎？」

「不是那樣……只是我……不想……」

幾乎要哭出來的遠藤同學勉強擠出聲音，岡崎卻毫不留情逼問：

「那妳的意思是，只有我們班沒人伴奏也沒關係嗎？」

遠藤默默低下頭。

「大家怎麼認為？」

教室裡一片鴉雀無聲，岡崎斬釘截鐵：

「表決吧。認為只有我們班沒伴奏也沒關係的人舉手。」

所有人都僵在位子上，別說舉手了，連動都不敢動一下。

「那麼，認為遠藤同學應該擔任伴奏的人舉手。」

像一陣浪潮捲過，大家紛紛舉手。正中間。這就是正中間的意見。我也該在這時舉手嗎？是的，和大家一樣才安全。右手從課桌上抬起十公分，可是……

——不對。這種事是不對的。

我把手放回桌上。感受到來自岡崎的視線，我低下頭，雙手交握，安靜不動。

教師席上的牧村老師走到遠藤身邊。

「遠藤同學，這個班上除了妳之外，沒有其他人會彈鋼琴喔。難得的機會，妳就加油一下嘛。好不好？會成為很好的回憶喔。老師也會陪妳練習的。」

遠藤沒有回答，老師拍拍遠藤肩膀，對大家說：「好，再來決定自由曲目吧。」我想，之後老師一定會用某種方式說服遠藤。

懷著糾結的心情上完之後的幾堂課，來到午餐時間。

今天的菜單是熱狗麵包、炸白肉魚、南瓜冷湯和四季豆沙拉。炸魚和麵包的分量都無法減少，一拿就要拿一整個。南瓜冷湯和沙拉我都只各裝一口。胃比平常更沉重。盤算著是否偷偷放進書包帶回家，正盯著手上的麵包看時，坐在對面的岡崎說：

「深菌，你也肌腱炎喔？」

「……沒有。」

「什麼嘛，還以為你手痛到舉不起來，害我白擔心了。」

也不知道是否聽懂他話中有話的意思，旁邊的手塚嘿嘿笑起來。我對手塚這人說不上喜歡或討厭，只是看到他這樣，讓我一陣毛骨悚然。因為自己有時也會像他這樣笑，內心不帶一絲情感，只想熬過眼前場面的笑容。像用筆在紙上快速畫幾筆就能完成的淺薄笑容。

已經到了極限。繼續待在這裡，我一定會出問題。身體擅自動起來，拿起麵包搖搖晃晃起身，朝門口走去。

「幹嘛啊深菌，你怎麼了！」

騷動之中，扮演模範生角色的岡崎大聲喊出的話，像一把箭朝我飛來。為了不讓那把箭射中我的背，我急忙逃向走廊。

不顧一切埋頭跑到一樓，卻不知道該去哪裡。直接這樣回家，會讓事情演變得更麻煩，話雖如此，我又無法回到教室。

麵包。手上還拿著麵包。怎麼辦？總不能裝進口袋。

只能吃掉了。可是，在哪裡吃？

能完全獨處的地方，我只想得到廁所，便朝一樓角落走去，正想進入男生廁所，剛好有人經過。穿著白袍，應該是保健老師。

我不由自主停下來。是朝會上令我大受感動的那位姬野老師。我目不轉睛凝視姬野老師，感覺就像走在街上巧遇明星。

「怎麼了嗎？」

明星跟我說話了。

「我想吃這個……」

倉促之間，我這麼回答。

「在這裡吃嗎？」

姬野老師的大眼睛一轉，望向我手中的麵包。我一不說話，老師就面不改色地說：

「保健室有桌子也有椅子喔。」

我跟在大步邁過走廊的姬野老師背後，老師什麼都沒問。要是老師對我說了「在廁所吃東西太髒，不准這麼做」或「發生什麼事了，跟老師說說看」，我或許將真的不再跟任何人說話。可是，姬野老師若無其事的一句「有桌子也有椅子」，在我聽來就像是對我說「有你的容身之處」，教我安心地忍不住發出嘆息。

保健室位於一樓盡頭，從這裡可以自由進出建築。走進保健室，看到已經有學生坐在長桌邊吃飯了，我大吃一驚。兩個女生和一個男生，學年也各自不同。

「找自己喜歡的地方坐。跟他們坐在一起也可以，或者窗戶邊也有位子。」

窗邊擺著單人桌與一張圓凳。姬野老師把桌上的文件移開，我就坐在那裡啃起麵包。長桌邊的學生們似乎不太在意我的出現，安靜吃著自己的東西，偶爾低聲交談，或是發出一點笑聲。眼前的景象，就像在原野上看到小鳥一樣和平。

姬野老師晃了出去，我吃完麵包時再度晃進來。

「我已經跟牧村老師說深見同學在這裡了。你可以再待一下沒關係，開始上課後想回去也可以，隨你高興。」

我很驚訝。明明什麼都沒說，也只是第一次和姬野老師說話，她怎麼知道我是四年三班的深見呢？看我疑惑眨眼的樣子，姬野老師才說「你的室內鞋」。喔，原來如此。也對。室內鞋上用麥克筆寫著「4-3 深見」。

哈哈哈。姬野老師笑了，我也笑了。

第五堂課開始後，我鼓起勇氣回教室。儘管如此，終究不可能拜託老師隱瞞媽媽這件事，那天晚上，牧村老師就打電話到家裡來了。媽媽只是一個勁兒受到驚嚇，拿著話筒一下低頭，一下眼眶含淚。偏偏這種時候爸爸值的是日班，傍晚就回來了，全家人一起吃晚餐。

「這不是霸凌。」

聽說牧村老師一再如此強調。

「岡崎同學為了讓深見同學早日融入班級，只是想幫他一把而已。可能岡崎同學太活潑，嚇到深見同學了吧。」

放學後不管牧村老師怎麼問，我只堅持一句「不想在教室吃午餐」。她或許已經聽岡崎說了什麼吧，那些對岡崎有利的說法。

老師和媽媽說到一半，話筒交到我手中。結論是，如果我想這麼做，繼續在保健室吃午餐也沒關係。牧村老師不知為何情緒很激昂，掛上電話後我累得筋疲力盡。

聽了媽媽的轉述，爸爸不耐煩地發怒。

「那個叫岡崎的，有對你動粗嗎？」

「沒有動粗，只是會說些難聽話。」

「難聽話是什麼？」

「他說我不該叫深見，應該叫深菌。我喜歡的明明是苔蘚，卻被他講成黴菌。」

不想讓爸媽知道我趁父母不在時帶同學回來，只能含糊其詞。

「這點小事算什麼！你太軟弱了！」

爸爸用力拍打桌子，震得碗裡的味噌湯左右晃動。

「長大之後會有更多更多痛苦的事，光是這點小事就受挫怎麼行。」

比起這個，還會有更多更多痛苦的事嗎……我陷入沮喪，明明肚子應該餓了，卻動不了筷子。媽媽用哭腔說：

「和也還不習慣新環境，他也很拚命努力了啊，不要這樣罵他。只有午餐時間而已吧，課還是有好好回教室上的，是不是，和也？」

媽媽的眼睛流淚，嘴角卻試圖微笑。我用力點頭。

對不起，對不起，媽媽。是我沒做好，讓妳擔心了。打從決定搬家後，我就沒看過媽媽發自內心的笑容。

隔天，岡崎一句話也沒跟我說。好輕鬆。不過，就算是這樣，我或許還是很緊張。第四堂課結束時，右手臂僵硬不堪。岡崎坐在我右手邊。

等負責打菜的同學幫忙打好菜，我就端著托盤走向保健室。走在走廊上，總覺得心很平靜。

啊、我現在脫離正中間了。大家走的路是正中間的路，雖然心想得跟上才行，只要脫離一次，從草叢中走過就知道，這也沒什麼大不了。說不定現在教室裡有人在說我壞話，那種事我一點也不在乎。唯一讓我想到就心痛的，只有媽媽。

今天營養午餐的菜色是辣豆醬、菌菇湯、土司麵包和炸薯條。肚子咕嚕咕嚕叫。保健室裡，昨天那兩個女生也在，坐在長桌邊畫著精密的著色畫。她們是不是從早上就在這了呢？草叢真是個悠閒的所在。

不知道是今天沒來學校還是待在教室裡，昨天那個男生不在保健室。姬野老師坐在放了一堆資料夾的桌邊寫東西，看到我來也只「喔」了一聲。

不認識的學生送營養午餐來，放在其中一個女生面前。原來還可以請人送來啊。另外一個女生的飯菜，或許也會由她班上的誰送來吧。

我把托盤放在窗邊的位子，朝窗外望去。還沒有人的操場上，只有漫天塵埃。我從襯衫底下拿出藏在肚子上的苔蘚口袋圖鑑，放在托盤旁邊，然後開始吃午餐。

後面傳來簾子拉開的聲音，回頭一看，正有人從床上起身。是山根老師。我一直沒發現，原來有人躺在那。

「沒事吧？」

姬野老師問，山根老師難為情地笑了。

「應該沒問題。又勞煩妳照顧了。」

拉平馬球衫的皺褶，山根老師從簾子後面走出來，一和我四目相對，他就微微一笑：

「啊、是苔蘚的書？」

山根老師走到我旁邊，說話的語氣非常親切。

「你喜歡苔蘚嗎？」

被這麼一問，我一邊嚼著土司一邊點頭。山根老師說「我也很喜歡」，像想起什麼似的閉上眼睛。

「下過雨之後，淋濕的苔蘚亮晶晶的很夢幻，讓人看得入迷呢。」

我感動得差點停止呼吸。沒錯，就是他說的那樣。山根老師真的有好好欣賞過那樣的景色，不只是在附和我。

「可以看一下你的書嗎？」

「好的。」

當然可以。我高興得害羞起來，笑吟吟地拿起薯條吃。

「你很常翻看這本書呢，苔蘚和書本一定都很開心。」

山根老師小心翼翼地翻頁。我回答道：

「在上一間學校時，我會和朋友一邊看書一邊尋找苔蘚……不過來這裡之後，苔蘚被誤認成黴菌……」

原本想說「我覺得很難過」，最後還是打住沒說。要是被說成跟老師打小報告，事情會變得更麻煩。山根老師露出穩重的笑容，說了我意想不到的話。

「其實，黴菌在顯微鏡底下放大看也很美喔。」

我停住咬薯條的嘴巴。

「真的嗎？」

「嗯。黴菌有時雖然會給人類和其他生物造成困擾，但也會讓起司變得更好吃，或是成為藥品等等，有它們派上用場的時候。」

我大受衝擊。關於黴菌什麼都不清楚，只是一味討厭，把它想成一無是處的壞東西。還認為黴菌很噁心。這樣我跟岡崎有什麼兩樣。

說著「謝謝」，山根老師把書還給我。看上去還是很難受的樣子。

「您身體不舒服嗎？」

我這麼問，山根老師虛弱地回答：

「有一點啦。變得很不會睡覺或吃東西了。」

雖然笑著回答，語氣卻很哀傷。

「下次再借我看喔。」

對我這麼說完，山根老師向姬野老師點個頭就出去了。我為什麼會在保健室吃午餐，山根老師連一句都沒問。保健室是個不可思議的地方。不像牧村老師和爸爸，只會問我一堆問題。山根老師不吃午餐嗎？

吃完午餐，我離開保健室，走去圖書室。午休時間的圖書室只有司書[4]老師一個人，還有幾個高年級生坐在那裡看書。

有一本黴菌圖鑑孤零零地放在架上。我借了那本書，和苔蘚口袋圖鑑一起藏在肚子上，回到教室。

絕對絕對絕對，不能被任何人發現。

星期六下午，我又去了一趟那間神社。為了想再見神籤一面。

[4] 負責管理圖書的人員。

我在神社裡走了很久，下面的參拜殿和階梯上都去過了。發現那裡連著一片雜樹林，讓我心跳加速。石碑、樹幹、花圃的泥土……到處都生有美麗的苔蘚。還有個小池塘，池邊鋪的大石頭上，也爬滿了蓬鬆豐盛的蝦苔。

我蹲在那裡撫摸苔蘚。感覺這麼一來，就能和苔蘚做好朋友。雖然太小了看不到，但我在口袋圖鑑裡讀過，只要這樣摸摸它們，芽和葉就會飄出去，有助於繁殖。

結果，最後合唱比賽的伴奏還是由松坂擔任。聽說是她自己表示離合唱比賽還有一段日子，在那之前肌腱炎應該會好一點。

我聽到松坂和其他女生在回家路上說的話，其實她根本就沒有得肌腱炎，只是提不起勁伴奏才先拒絕了一次。

「岡崎在那裡施壓，遠藤又哭了，害班上氣氛變得不好也很麻煩，聽到自由曲目是〈請給我翅膀〉，反正這首我會彈，那就接下這任務也沒關係了啦。」

松坂位於和岡崎不同意義的正中間。也就是「中立」。她會主動站到中立位置，協助大家取得平衡。比方說，我能夠站在爸爸和媽媽中間，好讓家人相處得更順利嗎？我沒有自信做得到。

總覺得，我一點也沒有待在正中間。

尋寶的事怎樣都無所謂了，我只想跟神籤玩。想被牠那雙聰明的眼睛盯著看，想摸摸那柔軟的毛，如此而已。我肯定只是想重拾平靜。

不過最後還是沒見著神籤。只有一個提著白塑膠袋的老爺爺從我背後走過去而已。

隔週的星期一早上，我們拿到一張通知單。

「山根老師決定離職了。」

聽牧村老師這麼說，班上同學一陣騷動。通知單是給家長的，上面寫著山根老師因為身體出了狀況，所以辭去學校的工作，二班暫時交給副導師帶。

「事情發生得太突然，來不及親自跟同學們道別的山根老師好像很遺憾的樣子。不過，大家也不用太擔心喔。」

快速說完這串話，牧村老師立刻將話題轉移到遠足的事。岡崎轉過身，嘻笑著對後面的手塚說：

「山根生的是心病啦。」

手塚說：「是喔？」一副好奇的樣子。

「聽說他吞了很多藥，被救護車載走了。我媽是家長會委員，這情報準沒錯。」

「是喔，很慘嘛。」

手塚語帶興奮，發出咯咯笑聲。

又來了。一股強烈的格格不入湧上太陽穴。為什麼大家會喜孜孜地談論這種事，我完全無法理解。

再說，山根老師現在怎麼樣了呢？狀況嚴重到會被救護車載走，現在不知道情形如何。腦中浮現山根老師蒼白的臉。

第一堂課結束後，我追上走廊上的牧村老師。

「老師。」

牧村老師疑惑地看了我一眼，立刻擺出氣象預報姊姊般清爽的笑容問：「怎麼了嗎？」

「山根老師，他現在怎麼樣了？」

「喔喔。」

迴避我的視線，牧村老師吞吞吐吐地說：

「好像住院了喔，詳細情形我也不清楚。」

是連我的問題都想逃避吧，老師故作開朗地轉移話題：

「對了深見同學，你在保健室有好好吃飯嗎？如果有其他問題，都可以跟老師——」

「老師。」

「嗯？」

牧村老師頂著那張塑膠花般的臉，歪了歪頭。我問她：

「什麼是心病？」

塑膠花瓣片片脫落，老師臉上的笑容變得扭曲：

「……就是心生了病的意思。」

那天，一放學我就往神社去。明知得馬上回家才行，我卻想盡快見到神籤。

總覺得，只有神籤明白我的心情。

揹著書包，我在神社裡四處走。

「神籤！」

沒有其他人在，我就放心大喊。

可是，沒看見神籤出現。

「到底在哪裡……」

坐在遇見神籤時那張紅色長椅上，我抱著頭想。正中間。

對我來說太難了啊，神籤。

我還以為心生了病的，是會嘲笑別人拚命努力，或是滿不在乎踐踏別人重要事物的傢伙。

山根老師一看就知道我很珍惜那本破破爛爛的圖鑑，他也真的理解在大自然中發光的苔蘚有多美。山根老師的心才沒有生病，他的心比誰都健康又美麗。

山根老師為什麼非吞一大堆藥不可？為什麼非辭去學校的工作不可？為什麼偏離了正中間？

一片葉子輕飄飄地落下。撿起來抬頭一看，神籤在樹上。那雙金黃色的眼睛盯著我看。

「神籤！」

我站起來。是神籤！神籤，我好想見你！

神籤沿著樹枝靈巧地爬下來，姿態華麗得像在表演。

黑色的身體，白色的腳，屁股上的星星。神籤扭動身體摩挲我的小腿。我朝神籤伸出手，才想起手上拿著葉子。這片葉子上什麼都沒寫。或許只是剛好掉下來而已。把葉子放進口袋，我抱起神籤，再次坐回長椅上。

神籤的頭靠在我胸口，三角形的耳朵往下垂。我用右手從牠的額頭撫摸到背上，牠就把兩隻腳放在我左手臂上，閉起眼睛。彷彿時鐘一般準確的心跳傳遞過來，我把臉埋在牠背上，有樹的味道。

「山根老師辭掉學校的工作了。」

我對著神籤的背說話。

「好不容易才從他那裡學到關於黴菌的事，我還想跟山根老師多說一點話啊。」

神籤的頭用力摩擦我的胸口，尾巴筆直豎起，從我腿上跳下去。以為牠厭倦被我抱著了，神籤卻叼起從我口袋露出的那片葉子。

「咦？這片葉子上還是有寫什麼嗎？」

神籤把葉子叼給我，我接過來，凝神細看。

可是，不管怎麼看都沒有寫字。

神籤再次盯著我看，我也把臉湊到牠的臉旁邊，互相凝視對方。這麼一來，神籤就用那倒三角形的小巧鼻頭輕碰了一下我的鼻尖。那是發生在一瞬間的事，一陣暖意之後，我整個人感覺輕飄飄的。

我一出神，神籤就從椅子上跳下去。走了兩公尺遠，又再回頭看我一次，然後就像流星一樣跑掉了。

我一個人被留在長椅上，再度陷入寂寞。

神籤，走掉了。

那片什麼都沒寫的葉子，代表什麼意思？

「哎呀，你好啊。」

上次那位掃地大叔從手水舍那頭的房子裡走出來。今天他脖子上掛著毛巾，手裡提著水桶。走到我坐著的長椅邊，放下水桶，用毛巾擦臉說：「都這時間了，還這麼熱呢。」

「神籤今天也給了我葉子。」

我這麼一說，大叔就發出非常吃驚的聲音：「咦！欸欸欸欸！」

「你又見到神籤了嗎？好厲害啊，見到第二次，這種事說不定一千年才發生一次。」

「可是上面什麼都沒寫。只用自己的鼻子貼了我的鼻子一下，神籤立刻就又跑掉了。」

「連鼻子親親都有……！好好喔！」

大叔雙手摀住嘴巴，身體微微抖動。我高舉葉子。

「這個，是明信片樹的葉子對吧？」

「對，你懂的真不少。這樹的正確名稱是大葉冬青，因為郵局也有種，所以大家比較熟悉明信片樹這個名稱。」

「是的，在上一間學校時有拿到一片，那時我寄給奶奶當暑期問候明信片……」

說到這裡，我忽然明白了。

明信片樹的葉子。可以用來寫信的葉子。
「我下次再來！謝謝您！」
從長椅上跳下去，我向大叔道謝後，飛奔離開。

給山根老師

我讀了黴菌圖鑑，知道黴菌可以做成叫盤尼西林的藥，拯救人類的性命，還在做柴魚乾時派得上用場，我感到很驚訝。以前我只知道黴菌不好的地方，現在知道它還有厲害的地方，我覺得很高興。謝謝您告訴我這個。

深見和也

我用圓規的針在葉子背面寫下這封信，隔天吃午餐時，找姬野老師商量。我說想把信寄給山根老師，姬野老師就收下葉子說：「知道了，交給我吧，一定幫你送到。」

雖然還想跟他說更多事，巴掌大的葉片上，光是用小字寫完這封信就塞滿了。

「用大葉冬青的葉子寫信，你還真有情調。」

姬野老師說。

「是一隻叫神籤的貓教我的。」

「貓？」

我從苔蘚圖鑑裡拿出神籤最初給我的葉子，拿給姬野老師看。

「上面不是寫著『正中間』嗎？」

姬野老師好像想說什麼，但馬上又閉起嘴巴，只點點頭。

「嗯，有寫。」

「這個啊，說是給我的神諭。所以我一直在想，要怎樣才能走在正中間，可是最後還是沒辦法。我好像比較適合走在邊邊。苔蘚也是啊，多半生長在道路旁邊、水泥縫隙裡或花壇角落。待在正中間是一件很累的事。」

姬野老師點頭「嗯」了一聲。那不是肯定的「嗯」，比較像是稍微停下來一下的那種疑惑的嘟噥。

「會認為道路兩邊是角落的只有人類吧。苔蘚說不定認為自己活在地球的中心喔。」

瞬間，像有什麼在我內心深處穩穩著地了。就像神籤從長椅上跳下來那樣。是啊。苔蘚總是在正中間。

自己所在的地方就是正中間。自己真正認為的事情就是正中間。自己心裡的正中間。那就是這個世界的正中間。

午休快結束了，我走在走廊上，準備回教室時，從別棟傳來鋼琴聲。我繞到音樂教室，悄悄窺看，遠藤一個人在裡面彈鋼琴。非常流暢優美的演奏，遠藤充滿活力的手指在琴鍵上移動。

因為演奏得實在太出色，彈完時我忍不住拍了手。遠藤嚇一跳抬起頭，露出不好意思的笑容。

「彈得太棒了，我好感動。」

我這麼一說，遠藤就站起來，拉拉裙襬。

「我最喜歡彈鋼琴了。可是，不喜歡在很多人面前彈。我喜歡的只是彈鋼琴這件事……明明會彈鋼琴卻拒絕伴奏，是不是很任性？」

我用力搖頭。

因為，剛才我看到的遠藤，就處於「喜歡彈鋼琴」這份心情的正中間。如果遠藤心不甘情不願地接下了伴奏的任務，她就只能處在「喜歡」的邊邊了。一定會變成這樣。

三天後，姬野老師拿了一個白色信封給我。說是來自山根老師。

「他已經出院了喔，現在回山形老家了。」

姬野老師對我說完這句話，走出四年三班教室。那時正值午休時間，她特地送過來給我。

大部分男生都去操場玩了，教室裡只有幾個女生在角落聊天。

我坐回自己位子，輕輕拆開信封。裡面裝著和信封一樣白色的橫書信紙，上面寫滿端正的小字。

給深見和也同學

非常謝謝你給我的葉子信。我真的真的很高興。

你讀了黴菌圖鑑嗎？正如和也同學所說，黴菌不只是單純的壞傢伙，也擁有對人類有益的美好力量。不過，黴菌不會要人類道謝，也不會反過來為難人類，或說什麼「給您添麻煩了真抱歉」。黴菌只是作為黴菌生長在那裡而已。我認為這就是大自然最偉大的地方，也是人類無論如何無法戰勝大自然的地方。

有人認為，對地球而言最壞的存在是人類，也有人認為最好的環保就是讓人類滅亡。我無法否定這種看法，不過，我認為人類也有為地球派得上用場的一面。至少，在地球一點一點演變成長的過程中，說不定過去可能真的已經消滅的人類現在還存在地球上，這一定有它的原因吧。畢竟，我們人類也是大自然的一部分。

比方說，和也同學會為苔蘚的美好而感動，又學到「黴菌不只有討人厭的一面，也有很厲害的地方」，對地球來說，這就是非常有意義的進化之一了。你的這種心情，未來或許會以某種形式幫助到地球。我無法不這麼認為。至於那會是什麼事，我就不得而知了。但也正因如此，遇到不知道的事就興奮地想去弄懂，喜歡什麼事就老實地說喜歡，希望你今後也能珍惜這種誠實的心情。

忽然辭掉學校的工作，我很抱歉。為了成為眾人追求、期待的老師，面對自己覺得奇怪的事也要裝成不知情的樣子含混帶過，這種事情持續久了，總覺得慢慢搞不懂原本的自己是什麼樣的了。

可是，收到和也同學的信，像這樣寫著回信給你時，我忽然想起一件事。想起自己之所以成為老師，就是想像這樣和孩子們說話。

非常謝謝你。稍微休息一陣子之後，我會再去找一個能讓我活得像自己的工作。

保重喔。我絕對不會忘記你。

山根正

我把這封信反覆讀了三次，鄭重地夾進苔蘚口袋圖鑑。和神諭的葉子一起。離午休結束還有一點時間，我從置物櫃裡拿出剛從圖書室借回來的書，回到自己位子攤開看。

把葉子信託給姬野老師的隔天起，我就回教室吃午餐了。老師說如果不想在教室吃，隨時可以回保健室，這麼一想，我就有勇氣待在教室裡。

後來我沒去補公文數學，跟媽媽說：「在學校我會好好聽課，沒問題的啦。」說是取代好像也不太對，總之我把植物園星期天將舉行苔球製作體驗的傳單拿給媽媽。這是放在公民館活動介紹所的傳單，我跟媽媽說「一起去做苔球吧」，媽媽臉上露出久違的笑容。

上課鈴響，我闔上書，站起來打算把書放回置物櫃。這時，岡崎回到座位了。

「嗚哇！深菌在看細菌的書！」

我視若無睹，繼續朝置物櫃走。抱在胸口的細菌圖鑑裡，寫了很多戲劇化的內容。就在這個瞬間，對細菌表現得那麼嫌棄的岡崎，肚子裡也有好幾億的細菌正大顯身手呢。

我的毫無反應似乎讓他很不高興，岡崎凶狠地說：

「喂，深菌，竟敢不把我放在眼裡！」

我又不叫深菌，所以不必回應。

「喂！」

岡崎抓住我的手臂拉扯。

我低聲平淡地說：

「幹嘛？」

有力的眼神正面迎上岡崎，直視岡崎的正中間。

低頭縮著身體時，岡崎的眼睛一直在我頭上，現在卻跟我的眼睛齊高。岡崎忽然狼狽地轉頭，放開我的手說「沒幹嘛」。

試著這樣面對他，才發現岡崎沒有我以為的那麼高大。

[第六片]

空間

the words from
"MIKUJI"
under the tree

九月初旬的陽光還很恐怖。

去幼稚園接小孩的時間是下午兩點，在這太陽熱力四射的時段外出需要勇氣。

撐陽傘、戴太陽眼鏡，長袖襯衫配牛仔褲。這身打扮走在路上，背後傳來喊我「千咲」的聲音。還沒回頭，里帆已笑著走到身邊。

「全副武裝欸妳。」

穿亮黃色短袖T恤與七分褲的里帆笑著說。化著自然妝的皮膚光滑白皙。

里帆的女兒，是和我兒子悠讀同一所幼稚園中班的姬良羅。里帆比我年輕十歲，卻一認識就親暱地喊我「千咲」，經常找我聊天。是個性內向寡言的我唯一以名字互相暱稱的「媽媽友」。

只不過走十五分鐘到住家附近的幼稚園接小孩，穿成這樣確實誇張了點。可是今年夏天，我發現顴骨附近浮現好幾個小斑點，那種恐慌的心情不是今年才二十五歲的里帆能夠理解的吧。

「對了千咲，妳的神經痛好多了嗎？」

「喔、嗯，不要緊了。」

我左邊肋骨有時會痛，因為擔心就去了一趟醫院，醫生診斷的結果，說是肋間神經痛。醫生說這和壓力、疲勞及姿勢不良有關，要我多注意一點，也不知道到底該注意什麼啊。話說回來，省略「肋間」只說「神經痛」，感覺很像上了年紀的人才會有的毛病，里帆是不是故意拿掉「肋間」的呢？按捺內心深處蠢動的被害妄想，我把話題轉移到昨天晚上的電視劇。那部戲有里帆最喜歡的演員，她果然立刻被這話題吸引。

抵達幼稚園時，回家前的班會已經結束，幾個孩子在庭院裡玩。

悠和姬良羅則是在教室裡玩拼圖。里帆一邊說「回家嘍」，一邊從姬良羅的置物櫃裡拿出書包，拉開拉鍊。

聯絡簿袋裡的筆記本，寫著每天老師、學童和家長的狀況，我喜歡回家慢慢看，里帆則大多在來接小孩時看。她說這樣有什麼狀況才能馬上跟老師談。

打開和筆記本放在一起的影印紙，里帆說「好可愛！」，那是我們宣傳組做的「向日葵通訊」。

悠上的這所幼稚園，所有家長都有義務加入某個小組。我今年加入的是宣傳組，組員每個月集合幾次，把幼稚園舉行的活動報告、問卷調查結果和便利生活小情報等內容編排在一張A4紙上。每個月都得發行一張，說忙還挺忙的。

「這是千咲畫的吧？一如往常厲害喔。」

里帆指著兔子賞月的插圖說。

「沒這回事啦。」

我這麼一說，里帆就看著兔子插畫回答「真的啦」。

「千咲怎麼不去當插畫家或漫畫家？」

里帆露出毫無心機的笑容。

像一根細針掉在我心上。這感覺令我心頭一驚，悠正好踩著蹣跚的腳步走過來。

「媽媽，我今天第一個吃完便當喔。」

「真的啊，好棒。」

抬頭看我的悠額上滲出汗珠，我屈膝蹲下，用手指抹去他額頭上的汗。

洗好晚餐用的碗盤，我躺在沙發上。悠已經睡了，丈夫孝去聚餐還沒回家。

「怎麼不去當漫畫家？」回到家之後，里帆這句話一直刺在心上拿不掉。這句話的前提就是「當不成漫畫家」，才不是什麼「怎麼不去當」。里帆沒有惡意。說這種話當然只是概論，更何況，看在里帆眼中，我完全是個成人，已經到達人生某個地點了。

不只里帆，我沒有告訴任何媽媽友，其實從十幾歲開始，我的目標就是成為漫畫家，投稿投了好多年。話雖如此，也沒有任何值得一提的成果，只在二十五歲左右得過一次少女漫畫雜誌《*Chu Chu*》的「努力獎」。

那時真的很高興。對投稿者而言宛如天神一般的「編輯」認同了我的漫畫。

『妳的畫稿有時展現出奪目的魅力，只是故事的原創性還需要加強。』

評語就只有這麼一行。我不知道要怎麼做才能加強故事的原創性，但一直沉醉在「展現出奪目的魅力」這句話中。

單身時每三個月投稿一次，婚後改成半年一次，悠出生後原稿始終沒有進展。花了兩年好不容易畫完的作品投稿失敗後，我就連一張分鏡也沒畫過了。

自己最感驚訝的，是聽到里帆那麼說的時候，內心竟然還會受傷。這才確信，自以為早已逐漸淡出生命的夢想，原來根本就沒結束。

上個月，我三十五歲了。

若問我幸不幸福，答案只能回答幸福。孝雖然有點不太貼心的地方，至少是個認真的丈夫，悠對我而言更是全世界最可愛的兒子。我不需要出去工作，頂多煩惱和媽媽友或公婆相處得好不好，每天晚餐要煮什麼，或是和鄰居之間的往來，說來都是些輕鬆事……別人會這樣想也沒辦法。

可是其實，我知道自己內心深處一直有個不滿。那就是沒能實現成為漫畫家的夢想。只是裝作沒看見，沒發現而已。

我跳下沙發，拉開斗櫃最下面的抽屜。

裡面藏著整套漫畫工具。原稿紙、墨水、修正用白墨水、網點紙、沾水筆尖，還有沾水筆桿。

取出一支筆桿，拿在手上。這是一支黑白雙色沾水筆桿，對我來說，象徵著「漫畫家之夢」的開端。

高二那年，參考從圖書館借來的《少女漫畫家入門》一書，我拿零用錢第一次買下了漫畫工具。只要買齊學生筆尖和G筆尖，感覺就很有漫畫家的架勢了。第一次擁有的這些工具散發某種神聖氛圍，好像只要有了這個，我就能畫出好漫畫。之後我又買過好幾支筆桿，最好用的還是第一次買的這支。無論受過幾次挫折，一拿起這支筆桿，我就會想起第一次描線的心情，能夠繼續努力下去。

可是，現在的我放棄努力了。用育兒和生活瑣事太多當藉口，只能抽搐著臉頰苦笑承認時間轉眼就過。

說到底，我就是沒有才華。即使連這個，說不定也只是藉口。

繼續懷抱這種夢想也不是辦法，還是乾脆放棄比較輕鬆。

該是做決定的時候了。三十五歲，不正是個挺好的分水嶺嗎？今後的人生，或許得要過得更有意義。無論時間或勞力，或是其他……這麼一想，總覺得這是個聰明的決定。

就這麼辦吧。丟掉那種無謂的夢想。明知沒有希望，還珍藏著筆桿就不對。必須盡快把漫畫工具丟掉才行。這麼一來，就不用再去因為誰無心的一句話想東想西了。別再繼續懷抱這種痛苦的心情，只要為幼稚園傳單畫畫插圖，聽人家稱讚「好厲害」就夠開心了。現在這樣已經很幸福，想要更多會遭天譴的。

好，丟了吧。

舉起手想把筆桿丟進垃圾桶，手卻停在半空中。

我還是無法把它和擤鼻子的衛生紙丟在一起。不然用布包起來，拿去垃圾場放好了。

光想像就辦不到。蟑螂亂爬，充滿各種家庭生鮮垃圾氣味的垃圾場。我怎麼能把筆桿丟在那種地方。

這又不是垃圾。我只是想放手。沒想到我的夢想竟是這麼麻煩的東西，無論繼續懷抱或丟掉都很痛苦。無處可放的筆桿，說明了我的心情。

隔天，下午宣傳組要開會。

我們總是約定一點多在多目的會議室集合，這樣一開完會正好順便接小孩回家。

「十月號的主要內容，就放運動會注意事項吧。便利生活小專欄決定做衣物換季。還有，關於食育的問卷調查和園長專訪。」

組長添島太太俐落地主持會議。添島太太雖然不是那種溫和型的人，拜她之賜，會議總是進行得很順利。

「芝浦太太，插畫就再麻煩妳了。要畫得有運動會的感覺喔。」

被點名的我點頭回答「好的」，添島太太流暢地繼續：

「那麼運動會的報導文章就由我來寫，衣物換季的專欄文章麻煩輝也把拔好嗎？」

「交給我吧。」

拓海的爸爸微笑回應。看到他的笑容，連添島太太也跟著笑了。

拓海家的經濟來源是媽媽，爸爸在家當家庭主夫。個性爽朗溫和，對任何人態度一律平等的他，在媽媽群中很受歡迎。雖然拓海稱他「爸爸」，我們幾個媽媽卻叫他「輝也把拔」。

在這個都是女人的團體，有他在的地方就像錦上添花。園長老師曾笑著說。拓海進入幼稚園就讀，輝也爸爸出現後，來接小孩的媽媽們都打扮得特別時髦。我也不例外。平常不怎麼在意外表的我，遇到今天這樣分組活動的日子，總是會特別打扮一番。雖然只是編個頭髮或穿上心愛水藍裙子的程度就是了。

拓海的媽媽是在廣告公司工作的女強人。放暑假前難得有一次是她來接小孩，一身像跑錯場合的西裝非常引人注目。添島太太偷偷跟我說，她肩上揹的「是柏金包呢」。可是比起名牌包，我更驚訝的是這人的膝蓋怎麼這麼乾淨。窄裙下露出的那兩個小圓丘，連一點色素沉澱都沒有。

生養小孩後發生不少令我大受衝擊的事，其中之一就是「膝蓋在不知不覺中發黑」。為了照顧小孩，跪在地上的機會變多的緣故吧。膝蓋皮膚的角質漸漸硬化，色素沉澱成黑黑一片。用普通肥皂擦洗也完全洗不掉，這件事對我打擊很大。

拓海的媽媽年紀應該跟我差不多，為什麼兩者卻有這麼大的差異。她活躍在職場第一線，全身上下沒有一個地方不漂亮，感受不到一絲自卑感。能和輝也把拔這種男人結婚，一定也是她的實力。

關於「向日葵通訊」十月號，在分配好負責計算食育問卷調查結果與訪問園長老師的人之後，會議提早結束。

大家在閒聊中提到七五三的事。悠和拓海今年都要慶祝五歲，添島太太說：

「我家瑠瑠慶祝三歲時，租攝影棚拍了紀念照，還去神社辦了祈禱儀式喔。」

「哪裡的神社？」

旁邊的一個媽媽問。

「綠地公園附近，國道旁不是有一棟裡面有公文數學補習班的舊大樓嗎？從大樓旁的窄巷進去，走到底就是了。一間小小的神社，人倒是挺多的喔。要去的話最好先預約。」

輝也把拔也附和著說：「對對對，就在那裡。」原來那裡有神社啊。

「宮司先生很溫柔，是一間好神社喔。還會送護身符跟慶祝用的筷子。」

是喔，筷子啊。我們家還沒做任何七五三的準備，拍照穿的出租和服也差不多該預約了……這麼一想，倒讓我有了個主意。

神社。對了。請神社幫忙燒掉筆桿吧，像超度人偶那樣。覺得自己真是想了一個再好不過的方法，我便詳細問了添島太太那間神社怎麼去。

在添島太太指點下找到的神社小而清幽，給人很舒服的感覺。

牽著悠的手，從鳥居底下走過。

進入神社，右邊有一間社務所。按了門鈴，立刻走出一位身穿藍色工作服的先生。是一位福態的可愛大叔。

「不好意思，請問……怎麼預約七五三的祈禱儀式？」

我先說出表面上的目的。

「喔喔，好的好的，請稍待。」

大叔先回了一次屋內。玄關入口旁，牆壁上貼著一張「厄年一覽表」。看到那個，我不由得發出「嗄」的怪聲。

女性的厄年。三十三歲和三十七歲是本厄，本厄的前一年與後一年分別是前厄與後厄。換句話說，女人三十二歲、三十三歲、三十四歲和三十六歲、三十七歲、三十八歲都是厄年。這麼說來，三十到三十歲中間幾乎全都是厄年嘛。原來如此。在那之前的本厄年是十九歲，十九歲前後三年都算厄年，正好與我拚命投稿漫畫卻全都沒入選的時期重疊。我一陣頭暈目眩。

「那麼，請在這裡寫下希望的日期和時間，還有名字和年齡。」

剛才的大叔拿著預約表回來了。

「祈禱儀式將由我本人執行，請多多指教。」

對我和悠報以平等的笑容，原來這位就是宮司先生啊。這樣事情就簡單了。

我迫不及待填好預約表，把手伸進皮包。

「那個……想請問這裡可以幫忙燒掉這個嗎？」

宮司先生抬起頭。

「是什麼東西呢？」
我翻開包裹筆桿的布。
「是這個，我想超度它。」
遞出筆桿，宮司先生看似為難地微笑著說：
「非常抱歉，能在神社焚燒的只限符咒與護身符。再說，塑膠和金屬也會有戴奧辛的問題。」
「……說的也是，不好意思。」
不能怪他這麼說，或許我拜託這種事才是沒常識。
「不會不會，不只您喔，很多人都有想放手又不願當垃圾丟的東西，這種事很常見呢。過年時神社會焚燒符咒護身符等東西，偶爾也會出現來新年參拜順便把東西丟進去燒的人。」
宮司先生苦笑著說。
「大概以為塑膠類不行，紙類就沒問題了吧。有些東西看到真是會嚇一跳，像是整疊沒中的彩券啦、鈔票已經拿出來的空紅包袋啦，還有人帶聖經來燒的。也有以前戀人寄的情書之類，很多很多啦。」

我懂、我懂，我太能理解了。大家都是在垃圾場迷路的孩子。看我低頭不說話。宮司先生就用溫柔的語氣勸說：

「會那麼做，大概是出於丟掉東西的罪惡感，或是怕發生不好事情的恐懼吧。其實如果有不想繼續放在身邊的東西，只要撒一點鹽或御神酒，做好垃圾分類就請按照一般程序丟棄吧。這樣已經是很好的超度。」

「是……」

罪惡感與恐懼。或許他說得沒錯，不過還有一點，也有人是因為「還愛著那樣東西」。這麼說可能太自私，但我也想用心道別。

重新用布包好筆桿。

連在這裡都失去丟掉的時機。就算撒了鹽或御神酒，我大概還是無法把它丟進垃圾桶。暫時可能無法下定決心。

強忍丟臉的感覺，我向宮司先生行禮準備回家，悠卻說「想尿尿」。宮司先生微笑道：

「這邊請。廁所有分男女，我帶小弟弟去，媽媽您請在這等一下。」

「真、真是不好意思。」

宮司先生笑咪咪地牽著悠的手往裡面走，正如添島太太所說，是個溫柔的人。

我站在社務所玄關環顧神社，後面不遠處就是參拜殿。散步過去，抬頭仰望搖鈴。

看起來像在微笑的鈴鐺，用一條三股麻花辮似的繩子繫著。我從錢包裡拿出十圓硬幣，丟進油錢箱，哐啷哐啷搖響鈴鐺。

請保佑我順利放棄夢想。

說來好笑。原本一直一直一直祈禱「請保佑我成為漫畫家」，現在卻希望自己放棄。

感到一陣沮喪，我在參拜殿旁的紅色長椅上坐下。最近很容易疲倦，肩頸僵硬，早上起不來。試過中藥，可惜對肋間神經痛沒有太大效果。厄年像那樣接連著來，精神會這麼耗損也是理所當然的事吧。

唔——我伸著懶腰，長椅旁的樹枝映入眼簾。葉子背面好像寫著什麼。仔細一看，與其說是寫，不如說刻了什麼留下的傷痕。

有「抽到票！」，也有「LOVE&PEACE」之類的，還有人寫「回來吧」。看來神社允許大家寫上想寫的話。我想找找手邊有什麼能拿來刻字，翻著皮包時，情不自禁發出尖叫。

「哇！」

嚇一大跳。身邊不知何時躺了一隻黑貓。來的時候一點聲音也沒有，我完全沒發現。

貓閉著眼睛蜷成一團。基本上是隻黑貓，不過鼻子上方到脖子有一片白毛。從尾巴輕輕搖晃的樣子看來，並不是在睡覺。

如果是流浪貓，未免太沒戒心了。大概是神社飼養的貓吧。我輕輕伸出手，撫摸貓的背部。貓一點也不驚嚇，依然輕輕搖著牠的尾巴。

「你幾歲啦？是男生還是女生？」

貓沒有回答。

「貓也有厄年嗎？當人類的女人很辛苦呢，真的。」

我一邊嘀咕一邊撫摸貓背，尾巴忽然停住不動。貓睜開眼睛。

那是一雙像透明糖球般金色的眼睛，一和我四目相接，貓就咧嘴笑了。簡直就像去接小孩時跟我打招呼的園長老師，散發某種年長者特有的從容。

可是貓又不可能笑。儘管這麼想，因為滿有趣的，我也回報了牠笑容。

貓輕鬆跳下長椅，緩緩移動到樹根旁。黑色屁股上有個白色的星星記號。什麼嘛，這貓怎麼這麼時髦。難道是被誰畫上去的嗎？

貓開始繞著樹幹轉圈圈。我莫名所以地瞧了起來，跑到一半，牠竟然還加速飛奔，速度快得看不清楚。一會兒之後，又突然停下，舉起白色左腳搭在樹幹上。

一片葉子翩翩飄落。

空間？

我撿起葉子，疑惑地朝貓望去。牠再度吟吟一笑。我也回以笑容，牠卻轉頭快速朝另一個方向跑掉了。

不可思議的貓……對著貓離開的方向出神看了一會兒，宮司先生帶悠回來了。

「久等了。不好意思，小弟弟褲子拉鍊卡到，多花了一點時間。」

悠露出高興的表情朝我跑來。手上拿著竹掃把。

「這個叫竹掃帚喔。」

似乎是第一次見到這東西，悠一臉稀奇地拿著竹掃把掃地。宮司先生拍手稱讚「好棒、好棒」。我對他說：

「您養了貓嗎？神社的貓果然給人一種不可思議的感覺呢。」

宮司先生微微睜大眼睛，接著，以委婉的語氣回答：

「沒有喔，這間神社什麼都沒飼養。剛才這裡有貓嗎？」

「是啊。黑白色的貓。也不知怎地，還給了我這片葉子。」

我遞出葉片，宮司先生看似開心地笑了。

「喔喔，您運氣真好。」

運氣好？我？

「您遇到的是一隻叫神籤的貓。寫在葉子上的是給您的神諭，請好好珍藏。」

「『空間』就是給我的神諭嗎？什麼意思啊，空間？」

「您的是空間啊……會是什麼意思呢？真的是每個人拿到的都不一樣耶，好有趣。那麼，七五三祈禱那天，我再恭候您一家大駕。」

宮司先生擺動身體呵呵笑，從悠手上接過竹掃把，沿參拜殿旁的階梯走上去。

不給一點提示嗎？既然是神諭，不寫清楚一點很傷腦筋啊。空間、空間、空間？我牽起悠的手，一邊東張西望想找點提示，一邊從鳥居底下穿過。出了神社，和一個十歲左右的男孩擦身而過，我默默心想，那個年紀的孩子說不定反而更能理解這種事。只是那個男孩一臉心事重重的樣子，我就沒叫他了。

「舒適的收納空間能改善運氣！」

提示二話不說就出現了。會是這個嗎？我拿起插在書架上的女性雜誌。

從神社回家路上經過便利商店時，粗體字的「空間」驀地映入眼簾。雜誌封面上還寫著「開運專題」。

改善運氣是嗎？肯定沒錯，就是這個了。沒想到這麼快就找到答案，我鬆了一口氣。拿了家裡正好喝完的牛奶和悠喜歡的方塊起司，順便帶上這本雜誌到櫃檯結帳。

宮司先生不是說了嗎，能遇到那隻叫神籤的貓，還拿到牠給的葉子，我的運氣很好。

對啊。過去我一定只是運氣太差，接下來肯定就要好轉了。

帶著雀躍的心情回到家，晚餐也沒準備就翻起了那本雜誌。雜誌裡請來風水師，教讀者如何重新檢視屋內的收納空間。

「一開始覺得漂亮的東西，一旦派不上用場，放著不管就會形成霉氣。」

直搗核心。

起初覺得很有魅力而拿在手上的東西，連派不上用場了還一直拿在手上的話，那東西就不再美好了。不只東西，夢想一定也是如此……

我朝旁邊甩甩頭。想那些沒必要的事情前，還不如先動手。我先走向臥室，打開衣櫥。

雜誌的文章寫了很多，簡單來說就是斷捨離嘛。一段時間沒穿的衣服，人家送的小東西，姑且留下的服飾店紙袋……

即使是不想要的東西，真要丟又丟不下手。愈看愈覺得沒有什麼不需要。就算再怎麼用不到，也沒必要丟掉啊。要是丟掉之後才後悔，豈不是更傷腦筋。

攤在地上的衣服形成一片汪洋，就在這時，悠跑來問「可以吃起司嗎？」一看時鐘赫然發現，原本只打算整理一下，竟然已經七點多了。我丟下滿地的衣服，回到廚房。

將電飯鍋設定為快煮模式，匆匆做起味噌湯時，孝回來了。

「咦？晚飯還沒好啊？」

「抱歉，幼稚園的分組活動拖太久，我又去神社預約了七五三的祈禱儀式。」

我連珠砲似的辯解，把味噌放進湯鍋裡攪開。孝一副不感興趣的口吻說「是喔——」，鬆開領帶走向臥室。應該是要換衣服吧。

「哇！這是怎樣！」

聽見孝驚訝的聲音。我從廚房裡大喊：

「我整理到一半啦，等一下再收拾。」

沒有回應。

我完成味噌湯，開始切洋蔥。把雞肉丟進鍋裡，親子丼馬上就能做好。

換穿T恤的孝回到客廳。不管發生什麼事，他這人都不會咆哮，也不會說難聽話。只是，不高興的時候他就悶不吭聲。疲倦地回到家，晚飯還沒做好就算了，房間還一片混亂，他一定很不高興。進入新年度後，孝心情一直不太好。

「……抱歉。」

我低聲道歉，孝什麼都沒說，逕自靠在沙發上。下班後的孝除了吃飯和洗澡上廁所之外，大多待在那。

吃完晚餐，幫悠洗好澡出來，看到孝在沙發上打盹。喝了酒的關係，孝滿臉通紅。

我是這麼想的。

我是這麼想的。這個家裡屬於我的自由空間太少了。租來的兩房兩廳公寓，親子三人一起睡在臥室，另一個房間孝說是「書房」，放了書架和電腦，他也會在裡面打理釣魚用具，釣魚是孝的嗜好。當然啦，我也把米和衛生紙之類的東西存放在那邊，說是儲藏室也算儲藏室。只是，悠上小學後，總得考慮給他一間兒童房才行。

婚前交往時，孝很支持我成為漫畫家的夢想。可是事到如今，他一定也認為那是絕對不可能實現的事吧。說得更清楚一點，現在他似乎不太關心我。

哄悠入睡後，我坐在餐桌邊翻閱雜誌。開運專題報導除了收納空間外，還有各種內容，有介紹開運景點或咒語的，也有四柱推命圖。

有一篇跨頁報導，專訪了最近很常上電視的算命師彗星茱莉亞。她不但算命算得準，講話又有趣，經常受邀上綜藝節目。個性開朗，打扮華麗的她，表情帶著一股說不出的神秘。

像她這樣的人，打從一開始就是特別的存在吧。一定是被神明選中的人。

神明選人的標準是什麼呢？誕生在這個世界之前，會成功的人就注定會成功了。既然如此，為何不一開始就告訴我們呢？要是一開始就知道自己沒被選上，至少可以活得輕鬆一點，不用因為得了一次努力獎就對自己懷抱期待……

隔天，幼稚園下課後，里帆邀我和悠去她們家。

吃完我帶去的冰淇淋，悠和姬良羅玩起了樂高。我和里帆隔著餐桌對坐，聊到附近新開的超市。

「啊、千咲，妳有白頭髮！可以拔掉嗎？」

「咦？啊、嗯。」

里帆特地從位子上起身，走到我身邊。她身上飄出濃烈的甜膩沐浴乳氣味。豐滿的胸部逼近我的臉，我正驚嘆時，她就快速用力拔掉我側腦勺上的頭髮。好痛。

「討厭啦，不小心連黑髮都拔了！啊哈哈。」

里帆將一黑一白兩根頭髮拿給我，我也只能陪笑。這東西拿著才真叫一點用也沒有，我對跟白髮一起被丟進垃圾桶的黑髮寄予同情。

我想起「個人空間」這個名詞。里帆是毫不在意這種事的人。以這個狀況來說，空間指的就是人與人之間的「間隔」，但是，無論里帆靠得我多近，我都無法表示抗拒。無論物理上還是精神上。因為她是我寶貴的媽媽友，無論如何都不想和她有摩擦。不但互相傳LINE的時候得注意遣詞用字，每次她約我，我都不得不答應。

里帆直接走向廚房，開始燒開水。

「現在那間店的老闆，問我姬良羅上小學後要不要正式重返職場，說是明年打算開二號店。」

里帆是個美甲師。現在偶爾還會回懷孕前工作的美甲沙龍兼差。有一技之長的人果然比較強勢。

「可是我還拿不定主意，因為在考慮什麼時候生二寶。要是再拖下去，擔心兩個孩子年紀差太多，另一方面工作又不想空窗太久。或許就趁現在懷二寶，五年後重返職場吧。」

一邊把紅茶葉放進茶壺，里帆一邊這麼說。五年後她也才三十歲，無論選擇性還是可能性依然無限大。

我大概只能繼續這樣當個家庭主婦了。已經來到幾乎無法重返職場的年紀，也面臨想再生一個孩子的年齡極限。從懷孕到育兒都考慮進去的話，對年齡極限的設定實在不能太樂觀。但是，這種事我很難跟孝討論，最近的他又感覺暴躁易怒，不是能好好談的氣氛。

總覺得兩件事中至少得確定一件才行，可以的話要盡快。問題是，兩者我都沒自信。

「千咲打算怎麼辦？」

「喔，妳說工作啊，我也差不多該開始考慮了。」

打腫臉充胖子。我不想讓她打聽生二寶的事，只提了工作的部分。

說是說開始考慮，但我又能做什麼。

短大畢業後，一直在文具公司做行政工作，結婚後還持續上班了一陣子，到懷孕六個月時才離職。說到工作經歷，就只有這樣而已。像里帆那樣回上一個職場工作，對我來說是不切實際的考量。脫離職場已經六年，社會上很少公司願意錄用三十五歲的人做行政工作吧。幼稚園的托兒延長最多只到四點，悠這孩子又動不動就發燒，我實在無法找一份正職。

左邊肋骨隱隱作痛。看我表情扭曲了一下，里帆不以為意地問：「怎麼了？」

不想被她知道自己又神經痛，我含混地笑了笑說：

「早上開始就有點頭痛。」

「是喔！沒怎樣吧？」

「不打緊，沒事。」

是喔。里帆說著，把裝了紅茶，造型奇特的杯子放在我面前。飄來一陣草莓香氣，總覺得，這已經不是適合我的氣味。

接到孝的聯絡，說加班會晚點回家。我哄悠睡著後，就到書房打開電腦，想上網找找有沒有自己也能做的工作。比起用手機慢慢找，電腦的大螢幕比較方便查閱。

擅自使用電腦的事要是被孝知道了，大概會挨罵。我移動滑鼠，小心不去碰到桌上其他東西。

能自由行動的只有送悠上幼稚園後那幾個小時。職場最好是離家近的地方，每天排班太吃力，一星期工作三天左右吧。光是把地點和這些條件打進去，幾乎就找不到什麼適合的工作了。

看到的多半是餐飲店、工廠或照護工作。要是手上有什麼證照，選項或許還能多一點。

可是，現在想固定去哪上課也很難。打開考取證照的網路授課網站，上面出現一排課程清單。

醫療行政、照護管理員、土地房屋仲介士……除了這些對找工作有利的證照外，還有原子筆書法、拼布入門之類的課程。魔術通訊講座好像挺有趣的……邊看邊這麼想時，「插畫」這個項目映入眼簾。

畫插畫不需要特殊「證照」。這個課程也只為滿足對插畫有興趣的人。可是就因為這樣，以插畫為業真的很辛苦。我既不是美術大學畢業生，連漫畫社團都沒加入過，完全靠自學的我想成為漫畫家，或許打從一開始就是有勇無謀。

未經深思，打上「插畫　工作」上網搜尋，找到一篇畫廊的專題報導。「即將發光發熱的才華集結於此！」這標題引起我的注意，打開一看，報導內容是七月在京都舉辦的聯展，還附上了當時的照片。

這家畫廊老闆似乎找了幾位自己看上的業餘藝術家舉行聯展，網頁上列出每個人的大頭照和作品。我隨興地往下拉動頁面，跳出的作品讓我心想「啊、我喜歡這幅畫」。那乍看之下是一幅充滿夢幻色彩的風景畫，仔細看，畫面裡隱藏著各種機關，天馬行空的創意非常有意思。

朝小小的作者大頭照望去，我大叫一聲，把臉湊近螢幕。

……是輝也把拔？

確認了作者名字是「Teruya」❺，肯定沒錯，是輝也把拔。個人簡介沒有透露太多資訊，只貼了Instagram的網址。我連過去看，裡面上傳了大量他的作品。追蹤人數三萬人。好厲害。也就是說，截至目前為止，輝也把拔的粉絲多達三萬人。我懷著緊張的心情一張一張欣賞，深深嘆氣。

在對輝也把拔產生的強烈敬意中，夾雜著一絲落寞。我們明明是在幼稚園一起製作「向日葵通訊」的夥伴，表面是個家庭主夫，背後原來還有受到世人認同的藝術家一面。對我而言，輝也把拔其實是遙遠的存在……

不對，站在他自己的立場，藝術家才是表面，家庭主夫是背後的另一個身分。他果然也是上天選中的人，我憑什麼感到落寞，未免太厚臉皮了。

重振精神，回到搜尋「插畫 工作」的頁面，滑鼠往下拉著拉著，看到一行「急徵！漫畫家助手」的文字。徵求助手的是漫畫家露吹光。

露吹光的漫畫我也看過好幾次。帶點成熟風格，展現人文主義的漫畫。一查才知道這位漫畫家今年五十三歲，螢幕上跳出的照片是個看起來人很好的福態女

❺譯註：日文中「輝也」的發音。

性。

我一直以為要有業界人脈或得過漫畫新人獎，才能當漫畫家的助手。所以至今連想都沒想過要去應徵這類工作。看到這份徵人資訊出現在一般徵人頁面上，驚訝的同時，也看起了詳情。

工作地點離我家最近的車站走路只要十分鐘。應徵條件是十八歲以上，性別不拘。工作日數是一星期兩到三天，時段可再討論。沒有清楚寫明幾點到幾點，應該還有商量的餘地。年齡只規定十八歲以上，沒有上限，表示我也有資格應徵。這麼一想，胸口忽然熱了起來。助理要做些什麼呢？對我來說，那已經不是普通工作，而是「漫畫家」的世界。

應徵方式寫著「電話聯絡後，請帶建築物或路人的畫過來面試」。這裡的路人，用電影術語來說就是臨時演員，也就是大眾。在漫畫裡，指的是主角走在路上時經過身邊的人，或是球賽等場面的觀眾席。

要是露吹老師中意我的畫，我就能成為她的弟子，踏出成為漫畫家的第一步了。

飛得太遠的心思猛然回到現實。連我都能應徵的話，表示會有更多更年輕、更會畫的人湧上去應徵。

……我在想什麼啊？太天真了吧。事情哪有這麼簡單。

刪除瀏覽履歷，我關掉電腦。

隔天下午，我帶心不甘情不願的悠去看牙齒。

吃冰棒時他忽然喊痛，要他張開嘴巴給我看，臼齒好像蛀牙了。沒預約直接來，要等也沒辦法。

「啊、是小悠。」

才剛走進候診間，一個剪馬桶蓋頭的小男孩就這麼大喊。仔細一看，原來是拓海。

「午安。」

拓海身旁的果然是輝也把拔。他還是那麼穩重，露出爽朗的笑容。

「……午安。拓海也蛀牙嗎？」

「對啊，還以為已經很小心了，看來是巧克力吃太多。他就愛吃甜食。」

悠一走到身邊，拓海攤開帶來的繪本。

「這個啊，是坐飛機的！」

拓海和悠相親相愛地並肩坐在長椅上，我也就自然而然坐到輝也把拔身邊。我主動提起：

「那個……我昨天不小心發現了呢，輝也把拔的Instagram。」

輝也把拔面紅耳赤，笑得露出皺紋。

「哎呀，被發現了嗎？」

「好厲害喔，你怎麼不跟大家炫耀一下。」

「不值得炫耀啦，我只是做自己喜歡的事而已。再說，那也不是我的目標。」

我倒抽了一口氣。因為在輝也把拔眼底看見光芒。他不被身邊的虛榮所惑，似乎有著遠大的「野心」。

我很想對他坦承自己的心情，說自己一直以成為漫畫家為目標，只是始終不成材，就在差不多想放棄的時候，看到漫畫家招募助手的資訊，心情又開始蠢蠢欲動。

然而，光是想像一下就不行了。對有三萬追蹤者的他訴說我這種小事，實在是太恬不知恥。

「芝浦太太不也很會畫插畫嗎？」

輝也把拔把話題丟到我身上，害我羞紅了臉。這才想到，就算是被拜託的，我竟然當著這個人的面畫畫。

「……好丟臉。」

「為什麼？芝浦太太的畫很棒啊。感受得到故事性。」

輝也把拔這麼說，我卻低著頭。他這一定只是場面話，雖然聽了很高興。

「那是因為輝也把拔有豐富的想像力啦。你畫的那些作品，是怎麼想像出來的呢？」

「我就放空啊。」

「咦？」

「創造一個讓神進來的空間。」

瞬間，世界看上去像停止運轉。

輝也把拔，你剛才說了什麼？讓神進去的……空間？

「散步的時候，或是哄拓海睡覺的時候，我都會放空大腦什麼也不想，這樣創意就會自動降臨腦中。我會小心注意著不放過這些點子。心想，喔，現在神進來了喔。看到完成的畫作，有時還覺得不可思議，這真的是我想出來的嗎？」

哇，聽起來好厲害。能輕鬆自在地說出這種話，輝也把拔果然不是普通人。

我嘆了一口氣。

「可是，那是因為輝也把拔是被神明選上的藝術家啊。」

輝也把拔歪了歪頭。

「是嗎？我不認為神明會挑選人喔。相反地，我認為大家都能邀請自己的神明。」

邀請神明？

這時，櫃檯叫了拓海的名字，輝也把拔站起來。

「我很喜歡喔，芝浦太太的畫。那就這樣，我們先進去了。」

目送輝也把拔和拓海進入診療室，我滴了幾滴眼淚。

有人說喜歡我的畫。

就去應徵助手吧。只是應徵一下，應該不會遭天譴？

隔天，我打電話到露吹光老師的辦公室，表達想應徵的意思，一個聽起來像工作人員的女性聲音問：「後天下午兩點，可以來面試嗎？」我急忙準備了履歷表，向悠的幼稚園申請延長托兒，勉強空下當天四點前的時間。

雖然孝在家裡，路人與背景的畫只能趁晚餐後的時間，在餐桌上面完成。

「妳在做什麼？」他這麼問，我只好謊稱「在畫宣傳組要用的東西」。孝也沒繼續追問更多。

儘管好久沒握筆，手感一下就回來了。

我很喜歡畫路人。為了不妨礙主角，路人的造型不能畫得太獨特。這樣反而讓我產生一股親切感。那些不受讀者注意，連五官都沒能好好描繪的「其他大多數」。但是，他們每個人都有自己的人生，有想去的地方、想吃的東西和想見到的人。我一邊想像著這些，一邊畫。

就算畫的只是背景建築或路人，一旦動起筆來就能專注其中。感受著筆尖滑過完稿紙的感觸。好開心。我果然最愛畫漫畫了。

按照指定的面試時間抵達老師的公寓，一個頭髮紮得很緊的女人出來應門。她素著一張臉，只描了眉毛，雙眼底下掛著黑眼圈。不是露吹老師，似乎是助手裡帶頭的一個。

這位怎麼看都比我年輕的大助手，迅速掃過一遍我帶來的履歷與作品。

「請問，妳有過漫畫助手或在雜誌連載的經驗嗎？」

「沒有。不過十年前拿過《*Chu Chu*》的努力獎。」

我遞上得獎的那份作品影本，她瞄了一眼，沒做任何評論。接著這麼問：

「現在還以成為漫畫家為目標嗎？」

「是的。」

「唷……是喔。」

我是不是該否認才對呢？說我只是想當助手而已。猜不透皺著眉頭的她心裡想什麼。

「薪水大概是一天八千圓，妳一天能做幾個小時？」

「早上十點到下午三點的話，大概沒問題。」

大助手嗤之以鼻。

「來工作室畫的話，一天最少希望能工作八小時喔。還有，這裡通常中午過後才正式開工，不管怎樣都會畫到很晚。」

她的笑容中帶有輕蔑，我覺得很悲哀。大助手接著又說：

「也可以當數助就是了，您會用CSP嗎？」

不知為何，她忽然用起敬語，反而給我一種高高在上的壓力。

「數助是……？」

我露出討好的笑容。其實我也不知道CSP是什麼。

大助手一臉無奈。臉上雖還有些許笑意，幾乎已是出於對我的同情。

「就是數位助手。使用電腦和軟體，在自己家也能幫忙塗黑背景或貼網點。」

「……不好意思，我不太熟悉那方面的事。」

「CSP是一套叫Clip Studio Paint Pro的繪畫軟體。」

她說這番話不是出於好意，語氣中滿是瞧不起人的味道。我覺得受不了，用力咬著下唇。大助手把我帶來的作品和履歷疊起來，豎起來對齊。

「那這個我暫時保管，妳希望事後歸還嗎？」

「不、不用了。」

「這樣啊。」

大助手把那疊東西隨手放在旁邊櫃子上。上面已經露出好幾疊畫作，一定來自其他應徵者吧。畫得真好，好得教人吃驚。

畫得這麼好還當不了職業漫畫家……

「三天內通知結果，不過只通知會錄用的人。辛苦妳跑這趟了。」

大助手比我還先站起來。

回程電車中，我想起去神社那天的事。

我怎麼忘了，那天自己拜託神明「讓我好好放棄夢想」。神籤或許是想幫助我完成這個心願。

我後悔沒許下「成為漫畫家」的心願。也就是說，我果然還沒放棄成為漫畫家的夢想。

試想，我能對悠說出「媽媽以前想當漫畫家」的話嗎？

不，我說不出口。不想這麼說。不願使用過去式。

我想成為漫畫家。

在如此深受打擊的心情中，竟然還能產生這麼強烈的意志，自己都覺得諷刺。要是能早點發現，早點努力，那該有多好。在成為這把年紀之前。後悔自己像溫水煮青蛙似的自以為過得幸福，但是現在再後悔也沒用了。

到了車站，里帆傳LINE來。

「妳今天延長托兒啊？上次不是說頭痛嗎。是不是去醫院了？我在想，千咲會不會是更年期的症狀？還是去看一下婦產科比較好喔。祝早日康復。」

……不用妳多管閒事。

里帆遲鈍的天真令我不爽。

她真的只是擔心我，沒有惡意。正因為沒有惡意，所以才更惡劣。

我沒回覆，也知道這樣太不成熟，只是現在就先放過我吧。無論告訴自己幾次「里帆是個好孩子」，她還是一直丟炸彈給我。

簡直就像永遠不會長大的里帆。她的一舉一動之所以如此觸怒著我，只因為我沒有身為女人的自信。要是我夠從容，那些話聽聽就算了，根本不會陷入這種心境。

在煩躁中收起手機，那些引起我不悅的事卻不斷從內心深處冒出來。

剛才那個大助手瞧不起人的態度。對我不感興趣的孝。治不好的肋間神經痛。

只會把自己的不順利歸咎別人或歸咎年紀的我自己。

我是什麼時候變得這麼彆扭的呢？以前只要畫漫畫就很開心，現在卻把自卑和嫉妒餵養得比夢想還大。

一定有什麼附在我身上。對我來說特別難化解的厄運，穢氣。

去接悠前還有一點時間，我朝神社走去。

按了社務所的鈴，卻沒人出來應門。

參拜殿那邊也沒看到人影，我就沿著階梯上去看看。爬得氣喘吁吁，途中得停下來休息好幾次。懷著不中用的心情終於抵達階梯頂端，眼前是一座氣派的大殿。

沒有太多時間了，得快點，快點找到才行。

我走到大殿後方一看，果然在那。

穿著藍色作業服的微胖背影，正在用垃圾夾撿紙屑。

「宮司先生。」

我一喊他，他就回過頭來，笑容和煦。

「喔喔，午安。」

「我找了好久。」

「找神籤嗎？」

「不、不是神籤，今天是來找宮司先生的。」

「咦？找我？」

「請您現在馬上幫我除穢。把我身上黑黑的東西去除掉吧。」

宮司先生凝視著我。

「如果是指祈禱儀式的話，得給我一點時間準備，可以嗎？」

我瞧了一眼手錶。趕是趕來了，距離接悠的時間，只剩下三十分鐘。這種想到什麼就做什麼的性格，或許是我失敗的根本原因。

「要是沒時間的話，改天再做吧。如果您現在無論如何都想解決，我也可以教您自己除穢的方法喔。雖然是我自己發明的啦。」

「咦……那就麻煩您了。」

「那麼，請跟著我一起做。」

宮司先生把垃圾夾和塑膠袋放在地上，站在我面前直立不動。

首先，他要我用力抬頭挺胸，伸展背脊，收起下巴。我試著照做，光是這樣就覺得內臟拉直了，輕鬆許多。過去我太常駝背了吧。姿勢這麼不良，難怪會肋間神經痛。

「接著，請用力閉上屁眼。」

「欸？屁眼？」

宮司先生一臉正經，雖然我不知道怎麼閉起屁眼，只好把全身的力氣都放在臀部。不可思議的是，精神真的因此振奮了起來。

「人的肚臍下方稱為丹田，先把力氣灌入丹田，然後盡可能把氣吐出來。再緩緩吸氣……吸氣……緩緩吐氣。這樣重複三次。」

吸——吐——

持續三次後，宮司先生忽然大喊：「喝！」

被他的聲音嚇到，我忍不住後退。這位看起來穩重的宮司先生，到底從哪裡生出這麼有魄力的能量。

「來，您也請吧。」

來不及難為情，宮司先生就拍了拍我催促。我也學他盡可能放聲大喊「喝！」。

這麼一來，身體忽然感覺好輕盈。他教的方法立竿見影，讓我大受感動。宮司先生卻只是露出溫柔的笑容。

「好，這樣就沒問題了。」

「是用殺力擊退不好的東西嗎？」

我懷著清爽的心情這麼問，宮司先生輕輕搖頭。

「不是喔，不是擊退，只是清除而已，不需要戰鬥。如果想把新的、好的東西放進去，就得先清出舊的、不好的東西。這樣才有空間放。」

「……創造一個讓神進去的空間？」

「對對對，妳這說法還真有趣。只要過著生活，再怎麼打掃，偶爾還是會有灰塵或垃圾吧？就跟那一樣。我們人只要活著，難免會接受來自他人的邪氣，或是懷抱負面情感。這種時候，只要在心裡清出乾淨的空間就好了。」

結果大家說的都一樣。風水師也好，輝也把拔也好，宮司先生也好。

「可是……」

我強忍想哭的心情辯解：

「我的空間太狹窄了。沒辦法放進太多東西，想把用不到的東西丟掉，又覺得那東西還是很重要。再說，就算暫時把討厭的情緒丟掉，很快還是會再回來。」

宮司先生微微點頭，寬厚地回答：

「那麼，請先把這個偏見丟掉如何？」

「偏見？」

「是啊，妳怎麼知道自己的空間狹窄？那只是妳自己認定的吧？又沒有任何人這麼說。」

「……怎麼做才能丟掉偏見呢？」

「第一步就是先把『一定是怎樣怎樣』的念頭從心裡搬開。當妳又認定『一定是怎樣怎樣』時，就用『才不一定是怎樣怎樣』從上面蓋過去。」

宮司先生再次拿起垃圾夾，像拍電影用的場記板那樣喀嚓一聲。

「一切就從現在開始。」

被他這麼一說，確實想到很多事都是這樣。

我一定找不到工作。

跟孝說什麼一定都沒用。

里帆一定認為我是個大嬸。

才不一定呢。什麼都還不確定。

那天晚上，孝難得提早回家，我試著跟他說話。一邊吃晚餐，孝一邊喝啤酒。

「跟你說喔，我今天去面試了一個工作。」

「工作？什麼工作？」

他很驚訝，到這裡為止都在預料中。

要是說了實話，他一定會笑我……我把這個偏見拿掉，直接說出真話。

「漫畫家助手的工作。」

孝睜大雙眼，正要拿起來喝的啤酒杯也停在半空中。

「好厲害喔。」

好厲害？

「悠出生後，我看千咲悶悶不樂的樣子也覺得好難受。心想，妳是不是不再畫漫畫了呢？可是又怕這麼問反而給妳壓力。很好啊，漫畫家助手。願意豁出去面試的妳很棒。」

這次輪到我為孝說的話感到驚訝。孝好像很開心的樣子，我把原本想說的「可是……」吞回去。

原本我想說的是「絕對不會被錄用」。我真的一直一直把偏見加在自己身上。明明什麼都還不一定，一切都還未確定啊。我抬起頭。

「無論結果如何，我很慶幸去嘗試了這一次。這才明白，果然我還是喜歡畫漫畫。」

孝笑著說「喔喔」，表情像是想起什麼。

「妳上次畫的就是面試要用的嗎？下次別在餐桌上畫了，把書房裡的桌子整理一下，在那裡畫就好啦。在這裡很難專心吧。」

「咦……可以嗎？」

「那又不是我一個人的房間。再說，正好有機會我就說了，趁悠上小學，搬到大一點的房子也不錯。悠需要自己的房間，而且……也差不多該生二寶了。」

出乎意料。沒想到他在思考這些。

「我還以為……以為孝已經不關心家裡的事了。總覺得你最近心情不是很好。」

孝拍了拍額頭，一臉歉疚：

「最近沒能好好跟妳說話，真是對不起。大概半年前開始，上頭要我負責一個大案子，害我滿腦子都是工作的事。不過，現在知道千咲也在加油，總覺得我精神都來了喔。謝謝妳告訴我面試的事。」

什麼嘛，什麼嘛，原來是這麼回事。我才該道歉，竟然忘了支持拚命工作的孝，一心只想著自己。孝一口喝乾啤酒。

「工作上的難關差不多過了，案子也穩定下來了。很久沒出去走走，不如月底上哪玩一玩吧。老是塞滿工作，會迷失自己的……沒留一點空白果然不行。」

空白。

我用力點頭。對，得要有空間才行。

我在空了的杯子裡重新注入啤酒。

前往河口湖飯店的電車裡，悠打開繪本。

這是拓海介紹他看的，書名叫《飛》。悠一一指著書裡的圖畫說：

「蝴蝶。小鳥。天使。」

可愛的圖案，配色也很有品味。這線條要是再細一點，氣氛應該會有點不同……我在腦中試著想像更細的線條畫成的圖案，對這樣的自己笑了。

後來查了一下，找到名為「數位插畫」的網路課程，可以學到怎麼用大助手說的「CSP」繪畫軟體畫漫畫。我立刻報名，現在只要有空就關在書房裡，坐在電腦前。一開始什麼都搞不懂，也很慌張，但在掌握觸控筆和繪圖平板的訣竅後，就覺得很方便也很有趣。

當然，我還是珍藏著以前的筆桿。不過，只要學會數位軟體，或許今後我能做的事和能見的人都會增加。我是這麼想的。

面試兩天後，接到通知結果的電話。

雖然大助手說只通知會錄用的人，我得到的結果卻是不予錄用。我對這件事並不感到意外，讓我嚇一大跳的是另外一件事。

打電話來的不是大助手，竟然是露吹光老師本人。

「我看了妳的作品，畫得不錯喔。故事的發展雖然有點老套，要是妳加入更多日常生活中不可思議的發現，應該會成為很棒的作品。還有啊，路人畫得很好。在妳心中，路人一定也有路人自己的故事吧。」

老師懂我。這件事比什麼都令我高興。

「這次我錄用的是有助手經驗，時間上也比較自由的人，但是，聽說妳以成為漫畫家為目標，就希望能給妳一點鼓勵……畢竟我自己也是年過四十才出道的啊。要加油喔。」

掛上電話後，我還抓著手機哭個不停。雖然不被錄用，至少往前進步了一些。

悠靠過來，和我一起翻繪本。

「飛機。火箭。」

打開最後一頁，悠說：

「太空梭❻。」

我忍不住「啊」了一聲。

原來如此。

❻譯註：日文中直接以英文Space Shuttle的片假名表示

空間，Space。

Space也有太空、宇宙的意思呢。我心中的空間，一定也像宇宙一樣浩瀚無垠。

到飯店放下行李，午餐前三個人去騎了腳踏車。等到兩點多登記住房後，目送孝和悠去釣魚，我自己留在飯店。

乾淨的和室寬敞舒適，窗外還能看見富士山。桌上放著和菓子和茶葉茶具，旁邊有用漂亮毛筆字寫的「歡迎芝浦一家　請慢用」的卡片。雖然只是幾句話，仍充分表達了歡迎之意，令人欣喜。被這麼一說，教人真想在這住久一點。

只喝了一杯茶，我就帶著浴衣前往露天浴池。

上次里帆傳的LINE，我只回覆「不要緊」，再加上一個「謝謝」貼圖。察言觀色啦、明哲保身啦、藉口啦，以前就是寫太多這些有的沒的，才會搞得那麼難堪。

回頭看過去和里帆的LINE對話，我才發現自己有多想討好里帆。「我都這把年紀了」、「不像里帆這麼年輕」等等，都是我在踐踏自己，不由得羞愧起來。給里帆「千咲是個大嬸」印象的不是別人，正是我自己。

不需要戰鬥。跟誰都不用，跟自己也不用。一旦產生不需要的情緒，只要一一清除就好。

穿過女澡堂的門簾，脫衣間有兩個年輕女孩，正一邊聊天一邊擦拭身體。我脫下身上所有衣服，走進浴室。大概不是熱門時段，浴室裡沒有其他澡客。

先用熱水快速淋浴，感覺好像除穢。

為了避免滑倒，小碎步走到露天浴池。天色還很亮，我曬著太陽。過去因為害怕而逃避的明亮日光，現在只想充分來個日光浴。

在一片靜謐中泡進熱水池，抬頭仰望天空。感覺像要被蔚藍的天空吸進去了。

一開始覺得燙的熱水，泡著泡著和自己合為一體。望著彎起的腿，黑黑的膝蓋也教人愛憐不已。這是我努力育兒的勳章。

好久沒有這種悠閒得腦漿都要融化的感覺了，我閉上眼睛。

自從在那間神社裡拿到神籤給的葉子，總覺得短時間內發生了各種事。得知輝也把拔的另一面，挑戰漫畫家助手的工作，從宮司先生那裡學到除穢的方法……雖然因為大助手的態度而傷心，但也拜此之賜學了CSP，現在感謝的心情反而比較強烈。站在我的立場，或許只是談了十分鐘的面試官，對露吹老師來說卻可能是人生中關係深厚的「最疼愛的大徒弟」，她身上一定也有我不知道的故事。

輝也把拔不也如此嗎？他和太太是怎麼認識，怎麼走上結婚這條路的呢？宮司先生在那間神社裡度過怎樣的孩提時代呢？

愈想愈覺得有意思。人啊，各個都有自己的生活，自己的歷史，自己的心事……

那一瞬間，我一出神，靈感就如迸裂一般降臨。

來到那間小小的神社，對人生感到迷惘的人們的故事。奇妙的貓，微胖的宮司。

彷彿到處可見，其實獨一無二的我們。

其中一個角色擅自在我心中動了起來，說起話，生起氣。有時哭，有時笑。

一個角色帶來另一個角色。如果是現在，我就畫得出來了。因為是現在所以想畫出來。還沒在任何地方看過的故事。

就是這個了。輝也把拔說的就是這個。放空時創造出的空間。讓神進來的空間。趁著四下無人，我朝天空張開雙臂，迎接神的降臨。

神啊，歡迎光臨，請慢慢來。

[第七片]

碰巧

the words from
"MIKUJI"
under the tree

今天是弦月。今天是滿月。人們總這麼說著，仰望月亮。

其實月亮無論何時都是圓的。

我們看到的只是月亮反射太陽光的部分。

所以，無論月亮呈現何種姿態，那都只不過是其中一部分。

說起來好像很矛盾，哪種形狀的月亮都是真正的月亮。

人看人的時候也類似如此。

無論呈現出何種樣貌，都只不過是那個人的其中一部分。

說起來好像又很矛盾，任何樣貌的人也都真的是那個人。

……昨晚之所以在部落格寫下這篇文章，是因為久違的又在推特上看到別人寫了關於我的事。

內容是「在便利商店看到算命師彗星茱莉亞拿貨架上後排的牛奶」。這不是假消息，確有此事。但是，這種事到底有什麼意思，轉推的人數竟然超過四位數。還貼心附上畫質很差的偷拍照，那張照片四處轉傳，把我拍得像個犯罪者。只不過是剛好錄完電視節目，穿著錄影時的衣服直接搭計程車回家，話說回來，忘了戴口罩就去便利商店是我的錯。

就算是我也會在便利商店買牛奶啊。一樣價錢的東西，賞味期限差一天的話，當然選放後面一點的比較新鮮。為這麼這點小事非要被講成那樣不可呢？不只是穿得漂漂亮亮上綜藝節目講話，我同時也是個獨居的四十五歲女人，平常有自己的生活要過。寫下那篇部落格文章算是微弱的反抗，不過大概不會有人看懂吧。

「所以啊，我不是每次都跟妳說嗎，還是找個經紀公司好好加入，讓經紀人跟在妳身邊比較好。至少有人可以幫妳買牛奶。」

阿谷一邊手榨要加入氣泡酒裡的葡萄柚一邊這麼說。果汁從那半月形的黃色果實裡盡情噴射出來。瀰漫菸味與炭火煙霧的狹窄店內，今天也鬧哄哄的，誰都聽不見我們說的話。

「才不要呢，那樣會被抽成，還要幫公司做牛做馬。」

「就算抽成，只要公司幫妳談到大工作，妳還不是一樣有賺？」

拿去。說著，他將酒杯遞給我。拜阿谷那非同小可的握力所賜，我獲得一杯加了滿滿果肉與果汁的香甜氣泡酒。滿懷感激地接過杯子。

「……可是我又不是為了賺錢才開始做這個工作。」

喝進一口氣泡酒，葡萄柚籽留在舌頭上。我沒吐出來，直接吞下去。阿谷大口喝啤酒。

「反正，有工作時就好好賺起來存。看看我，被電子報稅害得工作都快沒了。」

阿谷哭倒在一旁。

他是個稅務會計師。的確，可以上網報稅之後，報稅這件事變得簡單許多，不用找稅務會計師也能自己想辦法報稅的人增加了。

不過這件事姑且不提，以阿谷的情形來說，要是他願意放棄這顆飛機頭，上門的客戶應該會多一點。要是能順便換掉那身變形蟲圖案的襯衫，就不會有那麼多才剛打開事務所門又立刻掉頭離開的客人了吧。然而，阿谷的說法是「梳飛機頭的藝人看起來都很年輕」。有這麼想保持年輕就對了。

有著犀利目光與內雙眼皮的雙眼和兩道粗濃眉離得很近，鼻梁挺直，長相英傻得有剩，反而增加了一股魄力，使他看上去不像正派人士。明明是會像這樣毫無怨言幫忙榨葡萄柚汁的溫柔好人，容易招來誤解的阿谷或許有點吃虧。

阿谷和我是高中同學。三年級時同班，校外參觀旅行時也曾分在同一組。在岐阜的鄉下地方同學了幾年，畢業後一次都沒聯絡過。一年前，我們就在這間居酒屋重逢了。

上電視或雜誌時的我臉上化全妝，頭髮也會綁起來，穿華麗的小禮服。禮服就先不提，我對沒化妝時的長相懷有自卑感，高中畢業後只要外出一定化妝。整體來說五官平扁，眼睛眉毛嘴唇都一樣淡。所以，即使只是走一分鐘路去投幣洗衣店，不先在臉上描畫清楚的顏色和線條，我是不會打開家門的。

有天早上睡過頭，眼看垃圾車就要來了，我只好奮不顧身頂著素顏跑出去，驚人的是，誰都沒認出我。提著垃圾袋追垃圾車，沒有比這更容易成為網路鄉民話題的事了吧。可是，根本沒人認出完全沒化妝，披頭散髮，只穿T恤運動褲的我就是彗星茱莉亞。我還故意試著去附近麵包店和DVD出租店，完全沒有人看我第二眼。雖然這也不是什麼值得開心的事，但我就此拋下自卑，找到最適合我的「偽裝」。

後來日子過得就輕鬆了。不想被認出來的時候，我就不化妝，只穿T恤牛仔褲，頭髮披在肩上出門。要是再戴個眼鏡就更完美了。有天，當我以這身打扮一個人坐在居酒屋吧檯邊，吃燒烤喝沙瓦當晚餐時，有人喊了我。

「笑笑？」

我不假思索回頭，眼前是個長相凶狠的飛機頭，不由得瑟縮了一下。那顆用髮蠟梳得油光水滑的頭我一點印象也沒有，更想盡可能離那雙尖頭皮鞋遠一點。

照理說，會叫我「笑笑」的只有在岐阜認識的人。我本名叫「笑子」，從小學到高中的朋友都用綽號「笑笑」叫我。

不是認錯人，這個人一定認識過去的我，但是我不認識他。困惑與恐懼令我表情抽搐，他卻用力拍我的肩膀。

「是我啊！友谷！友谷茂！」

「欸？啊、喔！是阿谷！」

隸屬棒球隊，總是剃著大平頭的阿谷外表的改變實在太驚人，我一說「你變好多」，他就笑著說：「笑笑都沒變！」被他這麼一說，我忽然鼻酸。有點開心。

他不知道我就是彗星茱莉亞。這事在岐阜那邊傳得很開了，他卻沒聽過這個消息，可見阿谷或許很久沒回老家吧。

從名古屋的大學畢業後就來東京，阿谷只說他現在開了一間稅務會計師事務所，和我一樣離過一次婚，現在單身。他不會叫我幫他算命，所以我連他的生日都不知道。不過，有時他會像這樣，陪沒化妝的我喝酒，聽我抱怨。也會教我報帳的方法或稅金的知識。到了二月報稅季，還會幫我報稅。當然，該付的稅務會計師費用我都有付。能讓我將身心毫不修飾暴露出來的對象，只有阿谷了。儘管我們連手都沒牽過。

高中畢業後，我進入食品公司工作，二十五歲就嫁給了當時的上司。但是婚姻生活不順利，也沒有生小孩，三十六歲離婚。離婚後，我開始去住家附近的小酒館工作。在客人講話時幫腔，炒熱氣氛，有時好好聽對方說話，有時左耳進右耳出，這些事對我來說並不以為苦，我也算是比較喜歡喝酒唱歌的人。日子雖然單調，倒也過得還算開心。只是，每次一想到不知道要這樣到什麼時候，又會有點不安。

徹底扭轉我人生方向的，是小酒館桌上放的抽籤占卜機。說是抽籤，內容卻是占星，在畫有自己星座圖案的洞裡丟進百圓硬幣，拉下拉霸，輪盤轉了幾圈後，就會掉出一個小紙捲。類似這樣的東西。

喝醉的客人經常玩這個，喀啦喀啦丟進百圓硬幣，速速取出紙捲，被上面寫的文字牽動情緒，幾家歡樂幾家愁。這場面讓我很感興趣。

就算是老大不小的歐吉桑也知道自己什麼星座，大家都很想知道自己不久的將來會發生什麼事。真可愛，總覺得很可愛。

占星的內容，都是誰在哪裡寫的呢？占星要怎麼占卜呢？忽然湧現一股好奇心，我去了圖書館，調查關於西洋占星術的事。那時查到的書裡出現一堆數字和圖表，我看得一頭霧水，只單純地想，原來占星是這麼麻煩的事啊。

不過，在看到分成十二等分的圓圈裡散布許多星星的「星盤」時，我忽然覺得好像看得見表示星星的記號在跳動，覺得奇怪。這事讓我太在意了，就用自學的方式，花時間一點一滴研究如何解讀星盤。起初無法理解的東西，某天某個瞬間，就像腦袋開竅似的恍然大悟。到了這個地步，我滿心歡喜，在學校讀書連一次也沒這麼開心過，我卻一頭栽進學習占星術的世界。

後來得知有一種電腦軟體，只要輸入出生年月日和出生地，馬上就能得到對應的星盤。為了使用這套軟體，我連家用電腦一起買了。用這個算出店裡女孩子和常客的星盤，幫他們解讀性格啦、運勢啦，當作店裡的餘興節目。當然不收費，單純是我自己樂在其中而已。

大家比我想像的更想占卜。只要把天生的特質或人生傾向告訴對方，他們就會熱切探身向前問「然後呢？然後呢？」。無論哪個時代，占卜這件事都沒有消失，一定是因為，這是唯一針對「你」自己的分析闡述。透過電視、電影或書，任何人都可以旁觀他人的故事，唯獨占卜這件事，說的是「你」自己的故事。我深深感受到大家是那麼急於知道自己的事，熱切的程度超乎我的想像。

這麼做著做著，有天店裡的媽媽桑對我說「妳應該收錢才對」，於是我們把每週二定為「占卜日」，我收錢算命，媽媽桑抽其中兩成。

名字是隨便取的。彗星茱莉亞，只是把喜歡的樂曲名稱拿來拼湊而成。口耳相傳下，上門的客人增加，還有年輕女生專程來找我算命。我在兩年間占卜了超過兩百人。這時我已年過四十，這件事也帶來加分效果，一路累積的人生經驗值不算少，在傳達算命結果時大大豐富了我的詞彙。即使說明的是同一件事，光是換個比喻方式，對方的反應就會大不相同。看到客人因為我說的話或哭或笑，最後帶著神清氣爽的表情離開時，我真的非常高興。

媽媽桑在店裡隔出了一個小空間，用來當作算命包廂。好多人一來就抱怨「自己的人生過得不順利」，可是聽他們描述，我覺得那多半不是「過得不順利」，而是「認為自己過得不順利」。用俯瞰的角度去看，大部分人過得其實都滿順利的，因為大家幾乎都用羨慕的語氣，異口同聲說「除了自己之外，其他人都過得很順利」，這不就證明大多數人都過得挺順利的嗎？

以十二星座來說，就算屬於同一個星座，每個人的星盤配置也完全不同。各有各的獨特個性，就我看來沒有誰是「平凡人」。這是我透過占星術得到最大的體悟。

有一次，在名古屋某活動公司工作的客人來岐阜出差，看到我占卜的情形就說：「下次舉行企業派對時，能不能來幫大家算命？」我害怕地說：「沒辦法在那麼大的地方幫人家占卜啦，要是說得不準，一定會被罵。」然而對方笑著回答：「不，準不準都無所謂啊，因為妳的風格很棒，明明散發一股神秘氣息，卻又盡是說些好笑的話。」我心想：不是占卜嗎？怎麼說準不準都無所謂呢？於是看了一下當時自己的星盤走向與運勢。結果，當時的我處於一個適合開始新事物的絕佳時機，時機好到教人毛骨悚然的程度。星盤顯示，我對任何邀約都該來者不拒。既然星星都這麼說了，我也只好積極一點。對方提出「盡可能穿得誇張一點」的要求，我都照著做了。

事情就從這裡開始。那場企業派對有電視台的人參加，其中一位製作人請我在地方電視台的某節目裡開個算命單元。參演了那個節目後，全國電視台也找上了我。

我開始過著在岐阜與東京間往來的生活，長相和名字也逐漸為人所知，走在路上，會有人叫我名字或盯著我看，也會突然有人從馬路對面朝我大喊「預言下次震災什麼時候啊！」，更曾有人要求我在賽馬報紙上用紅筆畫圈。打著「彗星茱莉亞說……」的名義，卻在網路上散播錯誤解釋，這種事一再發生。還有把我誤會成另一個占卜師的，甚至出現冒用我名號的假貨。就算心想「我又沒說那種話」，卻阻止不了那些毫無根據的批評。「彗星茱莉亞」的影響力比我自覺的還要大，到最後，連沒有真正煩惱，只是拿「遇到這種難題時妳會怎麼解決」來試探我的惡劣客人都增加，令我疲憊不堪。

拿到擔任全國電視台情報節目固定班底的工作後，不只接受雜誌採訪，出版社更邀請我出書。這時，我再次看了自己的星盤。星盤說我正好遇上轉機，能動的話最好還是動一動。於是我把幾乎不再出勤的小酒館工作辭掉，住的公寓也退租，乾脆搬到東京來。

趁著這個機會，我完全不再接受個人委託，不幫單一客人占卜了。

看看其他占卜師，愈出名愈常上電視的，愈有不接受個人委託的傾向。我朝「與大眾分享占星樂趣」的方向切換，只在綜藝節目上接受共同演出的明星詢問結婚時機、會不會走紅等，將回答的問題限制在公眾媒體上說說也沒關係的範圍內。至於對一般人，變成只在雜誌或書籍上以「不特定多數讀者」為對象寫稿。

為了在東京生存下去，「彗星茱莉亞」這套盔甲有時保護著我，有時又沉重得幾乎壓垮我。

在這種居酒屋裡陪我脫下「茱莉亞」的盔甲，聽我用「笑笑」身分無話不談的阿谷，對我而言是非常重要的傾訴對象。今天我依然用感激的眼神凝視坐在吧檯角落啃魷魚絲的阿谷。

「我早就想問妳了，彗星茱莉亞的茱莉亞，應該是『方格子』來的吧？」

阿谷這麼說。他酒量並不好，一瓶啤酒就能讓他眼神渙散。

「被你發現啦？」

我大口喝著第三杯氣泡酒，身體舒服地伸展開來，感覺到一絲睏意。阿谷說得沒錯，「茱莉亞」這名字，正來自我們十幾歲時流行過的「方格子樂團」名曲。

「我啊，認為〈為茱莉亞傷心〉是方格子的最高傑作喔。」

「笑笑以前很喜歡方格子嘛，利用自己廣播社員的身分，午休時間經常播他們的歌。」

「嗯，我以前很喜歡。說方格子和我共度了青春都不為過。」

我趴在桌上閉起眼睛，輕聲哼唱〈為茱莉亞傷心〉。怎麼好像選了一首悲傷的曲子啊。從前的戀人、難忘茱莉亞的感傷心境、我們在大都會裡丟失了重要的東西……是這樣的一首歌。當年在教室角落高歌時，一點也沒注意到歌曲的含意，為什麼還能那樣打動我的心。曖、高中時代的我，三十年後的現在，我已經來到當時的妳連想都想不到的地方嘍。

阿谷請店員端水來的聲音，從我頭頂上飄過。

隔週的某天早上，接到阿谷聯絡，說他發高燒了。雖然已是九月，以防萬一還是做了流感檢測，幸好不是流感，只是單純感冒。他體格好，長得一副病毒細菌都不敢靠近的剽悍樣，竟然還一天到晚感冒。

雖然另外有租一間公寓，因為事務所比較寬敞，他多半睡在那邊的沙發過夜。阿谷在電話裡難得拜託了我，說不好意思，能不能帶點吃的過來。和阿谷見面總在居酒屋，我從來沒去過他的事務所。

下午在市區內的飯店有個談話活動，上午倒是還有時間。我問了阿谷地址，來到這初次造訪的東京近郊。

阿谷的事務所開在距離車站走路十五分鐘左右的地方，一棟商辦混合大樓四樓。窗戶上貼著大大的「友谷稅務會計師事務所」貼紙。三樓是公文數學補習班，二樓和一樓店鋪好像還沒有租出去，鐵門拉下一半。裡面似乎正在裝潢。

事務所大門沒鎖，一把門打開就看到阿谷裹著毛巾被，縮在沙發上睡覺。跟他說聲「我來了喔」，他才微微睜開眼，虛弱地回了「噢」。黯淡的瀏海披在額頭上，我第一次看到不是飛機頭的阿谷。

他說這裡沒有瓦斯爐，只有微波爐和冰箱，我就用雞胸肉和蔬菜做了簡單的湯帶來。問他「要喝嗎？」，他說「等一下」，身體似乎相當不舒服。

「那要喝寶礦力嗎？」

「要，我想喝。」

阿谷撐起上半身，我把寶礦力倒在玻璃杯裡，他立刻咕嘟咕嘟喝掉一半。喉結上下滑動。

「其他還想要什麼嗎？」

「壽賀喜屋的霜淇淋蜜紅豆，好想吃那個喔。」

我笑出來。壽賀喜屋是以東海地方為主，往西日本方面展店，只在美食街才吃得到的連鎖拉麵店。現在關東沒有店鋪，我讀高中時，那裡的拉麵一碗一百八十日圓。他說的霜淇淋蜜紅豆，是在蜜紅豆上面盛放霜淇淋的甜點，沒記錯應該是一百四十圓。我們高中旁有間大型超市，裡面就有壽賀喜屋，放學回家路上經常和朋友聚在那裡打發時間。

「抱歉，我還是睡了吧。」

說完，阿谷倒在沙發上。我幫他拉好毛巾被，他閉著眼睛像唱搖籃曲似的低聲說：

「好久沒吃了呢。壽賀喜屋的霜淇淋蜜紅豆，妳不覺得那個跟別的地方賣的都不一樣嗎？很好吃耶。」

「……岐阜，你是不是好一陣子沒回去了？」

「嗯。」

阿谷翻了個身。

他在岐阜發生了什麼，我不知道。不過，他身上一定也有各種傷痕，至少這點我是明白的。我也一樣。打從離了婚在小酒館工作就沒回去過，以占卜師身分出現在媒體上之後，更是完全和家人親戚斷了聯繫。

我們好像變成大人了呢。看著阿谷的後腦杓，我這麼想。

「那我走嘍。」

「嗯，謝謝妳來。」

「蘋果和香蕉我就放著喔。」

「太好了，感謝。」

雖然也覺得做到這地步好像太多管閒事，我連替換用的內衣和T恤都買來了，和水果一起放在桌上。

輕輕撫摸阿谷的頭髮，摸了三次左右，留下一句「下次再來」，我就離開了事務所。阿谷沒抹髮蠟的頭髮汗濕，像小孩子一樣。

走出商辦混合大樓，正要往車站去時，不經意看見旁邊有條窄巷。盡頭似乎有座鳥居，那裡有神社啊。

腳步下意識朝那個方向走去。走到石造鳥居前一鞠躬，繼續往裡面走。眼前是一間小巧但溫暖的神社。

在手水舍洗手漱口後，站在參拜殿前。先搖鈴，再合掌。

我向來不在神社許任何心願。只是閉上眼睛靜心而已。真要說的話，就是謝謝神明讓我平安活著吧。

神明是實現人們心願的存在嗎？我不知道。說不定只是在我們上方笑嘻嘻地看著人類，或是飛來飛去，心血來潮就挑撥人們起衝突，意外愛惡作劇也說不定。

只要閱讀神話就知道，神話裡很多天神都很不像樣。不只日本，希臘神話也是，大多數天神性情殘酷善妒，有的還很好色。就連全知全能的天神宙斯也是出了名的愛玩女人。說來好笑，遙遠古代流傳至今的那些故事裡，出現的天神都很人味兒。

要是神明能實現所有願望，那我現在應該在岐阜，和溫柔的丈夫及可愛的孩子一起生活才對。願望不但沒實現，最後我還輾轉成了占卜師，靠上電視養活自己。我有時會想，到底哪種生活比較好。

有點累了。轉身背對參拜殿，打算回家時，一棵大綠葉樹映入眼簾。樹齡不知道有幾年，從粗大的樹幹看來，應該超過百年了。這棵樹在此見證過多少參拜者呢？

我走到樹旁，抬頭一看，發現好幾片葉子背面似乎寫著什麼。「彩券中一億圓！」「想交女朋友」等。真是的，人類心中滿是欲望。

這時突然一隻貓從樹幹後探出頭來。

「黑兵衛！」

我忍不住大喊，蹲下來。黑兵衛，你怎麼會在這裡！

……不對。

這是一隻賓士貓，背部和半張臉都是黑的，額頭到脖子下方則描出一道山形的白毛，一路往腹部延續。同樣是賓士貓，黑兵衛的鼻子是粉紅色，這孩子的鼻子卻是墨汁般的黑色。再說，仔細看就知道耳朵形狀和臉的輪廓也不一樣。真的很像就是了。

牠當然不會是黑兵衛。黑兵衛是我高中時遇見的貓，不可能還在這世界上。這隻賓士貓抬頭盯著我看，有一對香檳金色的雙眸。我對牠笑，貓也回報我笑容。

喔，笑了呢。

像在路上碰巧遇到朋友那樣。親暱的笑容。嗨，好久不見。

為什麼呢？這句話自然而然脫口而出。

「黑兵衛，你過得好嗎？」

貓揚起嘴角，對我點了點頭。我打從內心釋懷。無論在這個世界還是在那個世界，不知道在哪裡的黑兵衛似乎過得不錯。這孩子知道這個，不知為何，我就是知道。

「那孩子，牠不寂寞嗎？」

我自己這麼說了，眼眶熱起來。長久以來，內心深處一直惦記著這件事。

黑兵衛雖然是流狼貓，但牠很懂生存的要領，在好幾戶人家間蹭飯吃。不知因為是鄉下還是那個時代的關係，一般養在家裡的貓都會擅自往外跑，又擅自跑回家，大概每戶人家都把黑兵衛當作「我家的貓」吧，感覺就像大家一起飼養牠一樣。我叫牠黑兵衛，但牠必定有其他很多名字。

起初是在放學回家路上，看見蹲在公園杜鵑花圃旁的黑兵衛，和牠四目相接。剛開始彼此還裝作沒看見，後來遇見的次數多了，像是變成熟人般，我一跟牠搭話，牠就「喵喵」回應，就這樣距離漸漸縮短。到了黑兵衛會朝我翻出肚子仰躺時，我想從廚房拿小魚乾給牠吃，卻遭到媽媽強烈反對。

「只是摸摸還好，別拿東西餵食。我們家住國宅社區不能養寵物，妳既然無法對牠負責，就不能付出不上不下的情感。」這是媽媽的論調，現在回頭想想，確實是很有道理的意見。只是當時的我有點想不通，關於情感怎麼能夠「不上不下」這件事，還有「餵食就等於付出情感」這件事。因為那就像在說，摸摸可以，只要不餵食就不算付出情感，不用負起責任。

雖然想不通，我還是聽媽媽說的，在不給黑兵衛食物的狀況下繼續交流。沮喪的時候，光是摸摸黑兵衛，傷口彷彿就會癒合。不會說話的牠總是一副

「一切我都懂」的表情，不知怎地感覺很可靠。即使是這樣的我，只要有黑兵衛這個朋友在身邊就沒問題，牠讓我擁有這種安心感。

這樣的日子持續了一年左右，開始覺得好一段時間沒看到牠後，又過了大概一個月，終於再次在杜鵑花圃下遇到黑兵衛。牠一認出我，就像等待許久似的起身，緩緩靠近我。

我蹲下來說「好久不見了呢」，黑兵衛就拿頭用力撞我的腿，撞了好幾下。接著更激動地把頭壓在我腿上，過去牠從來沒有這麼激動過，我還以為牠在生氣。

「怎麼啦？」我這麼一說，黑兵衛就把頭拿開，抬頭看我，喵了一聲。要是能理解貓的語言就好了，我摸摸黑兵衛的脖子，牠閉上眼睛。過了一會兒，才像接受了什麼似的睜開眼，輕盈轉身背對我離開。

那是我最後一次見到黑兵衛。長大之後，我無意間在網路上看到「貓用頭撞人，是為了表示牠非常喜歡這個人」的文章。我哭了。原來那是來向我告別。

居無定所，寄身各處的黑兵衛。活得自由自在，受眾人喜愛的黑兵衛。

相反地，我也知道有人討厭牠。養小動物的家庭或有家庭菜園的家庭總是對貓心懷警戒，一起走路回家的朋友也說過「野貓很髒不想摸」。

誰都沒錯。真的，誰都沒錯。

無論是受人疼愛還是被討厭，黑兵衛依然選擇當一隻流浪貓，我依稀能理解牠的心情。把無法跟某個人或某個地方建立穩定關係的自己跟牠重疊，搬到東京後，我想起黑兵衛好多次。

「噯，黑兵衛真的一點也不寂寞嗎？」

我再問一次。

賓士貓沒有回答，只瞥了我一眼，就悠哉地繞著樹幹走了一圈。腳步優雅，彎曲的尾巴晃啊晃的。是一隻身材很好的貓呢。尾巴下方有個五芒星的白色記號，我看得入迷了，貓忽然加快速度。

繞著樹幹咻咻飛奔起來，讓我看傻了眼。跑了一陣子，突然又停下來，舉起左前腳。「咚！」一聲搭在樹幹上。一片葉子飄落。

碰巧[7]。

什麼啊？這隻貓的名字嗎？[8]

「什麼意思？」

我撿起葉片，想問那隻貓，牠卻不見了。急忙左右張望，看見牠正沿參拜殿旁的階梯往上走。

我為了讓自己冷靜，坐在樹下的紅色長椅上。總覺得那隻貓一連串的行動跟

---

[7] 譯註：原文的日語為片假名的タマタマ。發音為TAMATAMA，這個發音有「碰巧」的意思。與タマ（TAMA）發音相同的則有「玉」、「珠」、「球」等。

[8] 譯註：日本人經常把家貓取名為「TAMA」。

什麼很像。對了，是塔羅牌占卜。我雖然只做占星，但在岐阜小酒館開始收錢算命時，為了充實自己，曾去找各種不同領域的專業占卜師算命過。當然隱瞞自己也是占卜師的事，一律宣稱自己是第一次找人算命。

塔羅的占卜方式是隨機抽牌。這種方式叫「One oracle」，看似碰巧抽出的牌上，寫著那個人那個當下最需要的訊息。眼前發生的事，肯定和那個一樣。畢竟那隻貓，一看就不是普通的貓。

碰巧。會是什麼意思呢？碰巧。

葉子邊緣像用開罐器打開的蓋子般尖銳不平，我把葉子拿在手上觀察。雖然還想在這裡待久一點，可惜沒時間了。我看了看手錶，站起來。把貓給我的「訊息卡」一夾進行事曆手冊，朝車站走去。

抵達飯店，我的責任編輯清水小姐已經等在大廳。她總是打扮得很時尚，今天穿的是稍微正式的鈷藍色連身洋裝。

這次的談話活動是出版社舉辦的。之前出的書裡附有抽獎券，從寄回來抽獎的讀者中抽出三十位。聽說參加抽獎的人很多。活動內容除了聊聊書中寫到的內容外，也會介紹西洋占星術的機制與思考，我打算寫在白板上向參加者說明。

「請不時讓來賓加入話題，炒熱現場氣氛喔。」清水小姐這麼說。

一進會場就響起熱烈的掌聲。看上去二十幾歲、三十幾歲的年輕女性人數壓倒性地多。

我在白板上畫出今天的星盤，解說了即將發生的木星移動流程後，以上週開始進入的水星逆行為下一個主題。

「水星一年大概逆行三次，水逆期間容易發生的有幾件事。比方說交通機關混亂、通訊器材故障，或是聯絡上出了差錯、容易忘記事情等等。所以，這段時期如果發生了這類事，基本上就想說『啊、是水逆』就好，不需要看得太嚴重。不過，每個人與生俱來的星星排列都不同，水星逆行的影響不可能完全一樣，每個人都有可能站在不同角度思考喔。」

既然是會買書參加抽獎的人，大家對這些內容自然很有興趣。不是眼神發亮專注聆聽，就是一邊聽一邊抄筆記。

「舉例來說，遇到討厭的事情時，大家都會怎麼應對？來，請這位說說看。」

我指向坐在第一排，一副幹勁十足的女孩子。她搖晃著腦後的馬尾，以充滿活力的聲音回答：

「我會用跑步來把它忘記！」

她揮動雙臂做出跑步的肢體動作，大家都看著她笑了。很好，給了這麼好的反應，令人感恩。

「跑步很舒服呢。」說完，我正要指定下一位發言者時，馬尾妹又說：

「可是，有時或許也不用勉強自己忘記啦。」

聽到這出乎意料的回答，我望向她。

「怎麼說呢？」

「現在覺得很難受的心情，隨著時間久了，也可能演變為美好的事物啊。」

她笑得很爽朗。細緻的肌膚年輕有彈力。

「雖然我還是個菜鳥髮型設計師，但是我們沙龍很棒喔，歡迎大家來！」

馬尾妹對著現場聽眾說出美髮沙龍的名字，四下響起笑聲與掌聲。

「真會做生意！」

我這麼一說，她就吐吐舌頭坐回位子。看起來二十歲出頭的她，大好的前程

「現在才要展開」。無論多痛苦的過去，都能轉變為美好的未來。健康開朗，剛出

社會，朋友一定很多吧。對這個像一塊純白無瑕棉布的女孩子，我一如往常感到羨慕。

調整呼吸，我繼續說：

「水星逆行不全是壞事，也會有好事發生喔。簡單來說，逆行就是某種時間倒轉的感覺，或許會發現懷念的東西，或是與懷念的人重逢。」

是啊。我自己就有親身感受。和阿谷在居酒屋重逢那次，正處於水星逆行的時期。

不過，這種事也不是誰都能套用。在不知道來訪幾次的水星逆行中，我連一次都沒看過與前夫復合的預兆。水星不會對還沒有必要見面的人起作用。

「這個時期的同學會，情侶誕生的機率很高喔。」聽我這麼說，會場各處都傳出害羞偷笑的聲音。看來大家也談著各式各樣的戀情呢。彷彿呼應她們的笑聲，我的心怦怦跳。

活動結束，回到休息室換衣服時，有人敲了門。打開一看，是清水小姐。

「不好意思，茱莉亞老師，有一位參加者說無論如何都想跟您見面……」

「難道是我認識的人嗎？妳有沒有問名字？」

「有的，是一位玉木夫人。」

清水小姐把參加者名單遞給我，指著上面的名字。

玉木珠[9]。

「玉木珠？」

「是啊，是一位老太太。她說想請您幫她做個人占卜。我有說您現在已經不接受這種委託了。」

確實，會場角落坐著一位老婦人。記得是個身穿和服，氣質高雅的老太太。

玉木珠。

TAMATAMA……？我想起賓士貓給我的葉子上寫的話。

「請帶她過來吧。」

清水小姐露出意外的表情，立刻又說「知道了」，把門關上。

過了一會兒，「玉木珠」夫人來了，一邊不斷說「不好意思」一邊進門，姿態低得讓我反而不好意思起來。

「我從葉山來的，名叫玉木珠，今年八十三歲。」

「從葉山啊，謝謝您專程從那麼遠的地方來。」

「玉木珠，是因為我嫁給了姓玉木的人，碰巧就變成這樣了。」

玉木夫人淺淺一笑，想必每次自我介紹時，她都會這麼說吧。心想給她個面子可能比較好，我也姑且笑著說「幸會幸會」。

「聽說您是知名的占卜老師，我一直好期待今天呢。因為好奇中川小姐都讀些什麼書，就翻閱了一下，結果看到裡面有一張抽獎券。我就問中川小姐這是什麼，她說只要寄給出版社，就可以見到彗星茱莉亞老師。哎呀，我從來沒親眼見過占卜師，既然這樣就寄去參加抽獎看看吧。」

也不知道那位中川小姐和玉木夫人是什麼關係，總之玉木夫人根本沒讀過我的書，對占星術也不是特別感興趣，只是想親眼看看占卜師而已。我內心閃過不

❾ 譯註：玉木珠的讀音為たまきたまき（TAMAKI TAMAKI），發音近似茱莉亞拿到的葉子上的タマタマ（TAMATAMA）。

好的預感。

「今天的談話內容，您覺得如何呢？」

我這麼問，玉木夫人就一臉開心地說：

「是啊，我完全聽不懂。不過該說時機來得正巧嗎？我正好有個煩惱，沒想到就在這時出現與您見面的機會，抱著雀躍的心情前來。聽了您說的話，我確信找茱莉亞老師一定沒問題了。」

「沒問題……是指……？」

「您剛才不是說，可以找到不見的東西嗎？」

玉木夫人似乎很滿意，笑吟吟地看著我。

「老師，我把非常重要的鑰匙弄丟了，可否幫我占卜看看，鑰匙現在跑到哪裡去了呢？」

我情不自禁閉上眼睛。糟了，不該讓她過來的。還以為和葉子上的訊息有關，一個不小心就鬆懈了。

睜開眼，我換上電視與雜誌專用的茱莉亞笑容。

「非常抱歉，我現在不接個人占卜的委託。」

「是啊，沒關係。只要跟我說鑰匙在哪裡就好。」

我差點沒昏倒，勉強把持住自己，重新在沙發上坐正。

「您說鑰匙，是什麼鑰匙呢？」

玉木夫人先清了清喉嚨，再從手提包裡拿出一張黑白老照片。

「就是這個。」

照片裡，看似不到十歲的女孩面露微笑，手裡拿著古董風格的木製珠寶盒。盒子上有類似宗教畫的浮雕，蓋子上附有鑰匙孔。那位一看就是千金小姐的女孩，應該是玉木夫人吧。

「因為想給老師您看，就找出以前的照片了。總不能直接把盒子帶來嘛，現在收在保險箱裡。萬一連盒子都被偷就糟糕了呀。鑰匙的樣子畫在這邊。是黃銅的鑰匙。」

她將另一張明信片大小的紙拿給我。這是一張細緻的鉛筆素描，畫著把柄處打造成貴族徽章的鑰匙，還仔細地簽上「TAMAKI」的簽名。看來是玉木夫人自己畫的。不是對著實物寫生還能把細節畫得這麼清楚，想必她經常使用這把鑰匙。

「唉唉，要是沒了這把鑰匙……」

玉木夫人忽然開始哽咽，我嚇得站起來。

「請、請再找一次看看吧。」

「有啊，我找過了。可是就是找不到。我一個人找也有限度。除非神仙出馬，不然那盒子裡的東西是拿不出來的。在被人知道之前，得快找到鑰匙才行。」

玉木夫人拿出蕾絲手帕摀住臉。手指上戴著大大的祖母綠寶石戒指，仔細看手錶也是名牌寶格麗。身上的和服和手提包看起來都很貴。這位一看就知道很有錢的老太太那麼珍惜的東西，到底有多價值連城啊。這負擔對我來說無論如何都太重了。

「我想您一定很擔心，但是我現在真的沒有接受個人委託。幫不上您的忙，非常抱歉。」

我低下頭，玉木夫人嘟噥道「這樣啊……」，把手帕折好。取出懷紙，拿筆在上面沙沙寫下什麼。

「這是我的地址和電話號碼，您隨時可以跟我聯絡。」

也不知道她到底有沒有聽懂我「不接受個人委託」的意思，玉木夫人遞出那張紙，站起來一鞠躬。

隔天我休假，上午傳LINE問阿谷「還好嗎？」，他傳來「退燒了」的回應。我買了點東西去他的事務所，看到他換上我留下的T恤，神情已經清爽許多。上次裝在保溫罐裡帶來的蔬菜湯全部喝光了，香蕉也少了一根。

「妳這傢伙真是的，裝在那盒子裡的又未必是金銀財寶。」

聽我說了玉木夫人的事，阿谷這麼說。大概嫌瀏海礙事，用橡皮筋在頭上綁成了沖天炮。

「不是金銀財寶的話，比方說會是什麼？」

「像是回憶之類的啊。」

阿谷一邊用湯匙舀著冰淇淋一邊這麼說。這位稅務會計師還真浪漫。

「搞丟鑰匙打不開珠寶盒，拿不到裡面充滿回憶的物品，當然會想哭了吧……是說，這真好吃耶。」

在罐頭蜜紅豆上放香草冰淇淋給他吃，阿谷非常感動。

「笑笑牌霜淇淋蜜紅豆，如何啊？」

我自己也弄了一樣的東西吃。霜淇淋外帶一下就融化了，只能用杯裝冰淇淋代替，這點令人不太甘心。

正當我把冰淇淋和蜜紅豆攪拌在一起時，阿谷探頭過來盯著我說：

「妳是不是在沮喪什麼？」

「……被你發現啦？」

昨天的談話活動盛大又成功，至少我是這麼認為的，清水小姐也稱讚了「很精采！」。回到家立刻在部落格上寫了報告與感謝讀者的文章，今天早上起來一看，卻令我一陣錯愕。

留言欄一塌糊塗。關於昨天那場活動的留言大概有二十多條。其中也有發自善意的感想，但是大概有十條左右都在講壞話。什麼本人比電視上醜多了啦、是不是有整容啦、妝化得太濃啦……關於外表的評論就沒辦法說什麼了，問題是關於占卜的部分。

——她根本看不到，只是講話有趣而已，不是真的有能力。

——那種根本不叫占卜，無法認同。自以為是明星了，還出書，得意忘形什麼！

所謂「看得到」、「看不到」，是占卜愛好者之間常用的詞彙。和占卜的意思有些不同，簡單來說就是「靈視能力的有無」。像是看得到身上散發的靈氣，或是看得到未來，看得到意中人的心情等等，類似天眼通的能力。

被人家這麼說，我也只能承認「對，我看不到」。因為我就不是使用超能力算命的那種人啊。我不否定這類事情，這類議題和占星也並非全然無關，但我是把西洋占星術視為一門學問，解讀這門學問後，再用自己的話說給大眾聽。

光從電視上看過我的人不管說什麼，某種程度我認為是無可奈何的事。因為他們不是主動想看到我，只是電視擅自播出有我的節目內容。可是，特地參加抽獎來見我的人，若是讓他們帶著不愉快感覺回去，我會感到很傷心。不只傷心，有時甚至會出現憤怒的情緒。對自己，也對來參加的讀者生氣。

「我以為能讓來參加的人開心，結果卻遭到這種惡評，真是搞不懂……明明大家看起來都樂在其中啊。」

我嘀咕著說，阿谷把吃完蜜紅豆的碗放在矮桌上，打開電腦。

「妳看過那些留言的IP了嗎？」

「挨批？」

「不會吧，妳寫部落格竟然這麼不設防？」

阿谷從「我的書籤」裡找到我的部落格打開，然後說：「我轉過去不看，妳先登入後台。」在背對我的阿谷身邊，我輸入帳號密碼。一叫出後台頁面，阿谷就點了幾下滑鼠，連到「留言管理區」，上面顯示著留言一覽表。

「這裡不是有一排數字嗎？這就叫做IP……妳看，果然來鬧的都是同一個人，數字都一樣嘛。只改了名字和文體，其實都是同一個人留的言。」

「怎麼這樣……」

「可見寫這留言的人也不熟悉IP的機制，不知道這樣會被發現。再說，根本不知道這人是不是真的有來參加活動，也可以裝作有來，其實只是想發洩平時的怨恨不滿。」

我忽然覺得好累。倒在阿谷睡的另一側沙發上。

「大概有很多這麼討厭我的人吧，我卻看不到他們。」

「與其說是討厭妳……就我看來，這人似乎很受傷。」

「受傷？」

「寫這些留言的人可能是占卜師，或是想成為占卜師卻當不成，又或者不是占卜師但很喜歡占卜的人吧，然後，他大概認為自己沒比笑笑差多少。姑且不論這個人有沒有付諸行動，他的心情倒不是無法理解。乍看之下像是怨恨笑笑，其實只是對自己的命運感到受傷喔。他不明白為何好處都被妳佔盡了，自己明明也熱愛著占卜，卻無法像妳這樣，如果不傷害妳，他就無法取得平衡，大概是這樣吧……要刪除嗎？」

我搖搖頭。

「不用了，就這樣留著吧。謝謝你。」

阿谷點點頭，說著「登出吧」，自己離開電腦旁。我從沙發上起來，默默操作滑鼠。阿谷一邊規規矩矩地折著毛巾被一邊說：

「我們啊，經歷過沒有網路的時代不是嗎？那種不知道哪裡的誰提出的意見，現在卻被當成社會上的聲音，好像對方講的才正確，這種風氣我一直覺得很噁心。所以，還是會有人像我一樣不被這種風氣牽著鼻子走，好的東西就認為是好的喔。要是笑笑真的做錯什麼那還另當別論。可是，妳和網路上匿名批評的人之間沒有人際關係吧？遇到這種跟自己無關又無能的傢伙，當成被抹到鼻屎就好，雖然不會太開心，反正只是這種程度的東西。」

阿谷打了個噴嚏，把毛巾被放在沙發上，抓起一張面紙擤鼻涕。

說著這一切的阿谷雲淡風輕的語氣，像毛巾被一樣溫柔包覆著我。雖然看不到的人像鼻屎一樣討厭，眼前鼓勵我的阿谷流的鼻水倒是一點也不髒。近在身邊的活生生的人，感受到他的呼吸，給我一種安心感。

「嗯……謝謝。」

我登出後，再次打開部落格文章，冷靜下來重讀留言。其中明明也有很多熱情的留言，我卻只注意到攻擊的話語，沒有好好體會其他留言，為此深深反省。

阿谷一副擔心的樣子說：

「不過這種事還真討厭，妳不如別再寫部落格了吧？」

「不，就是這種時代，我才想要一個地方，能夠不經過任何人檢視就說出自己想說的話。再說，網路上也有許多開心的相遇啊。雖然不知道是哪裡的誰，但也正因如此，才不用拘泥外表年齡與身分立場，用彼此的靈魂對話。」

感受到一股視線，我朝阿谷看去，迎上他溫柔的目光。我立刻別開頭，為了不讓他發現自己內心小鹿亂撞。

我努力要自己不用那種眼光看阿谷。我們都已經不是高中生了，無法輕易在一起又輕易分開，也不想失去這麼寶貴的友情。如果他選擇跟年輕女生攜手邁向新人生，我也會死守在笑著說「太好了」的位置上。

忽然想起一件事，我說「電腦借我一下好嗎？」，從行事曆手冊裡拿出昨天玉木夫人給我的那張懷紙。

看到地址那一瞬間，對建築物的名字留下了印象。「Grand Blue葉山」。一開始我只以為是某間公寓的名稱，後來才漸漸想到那是哪裡。

在電腦上打下Grand Blue葉山幾個字，立刻找到官方網頁。正如我隱約猜測到的，是一間高級老人安養院。看得見美麗的大海，一看就非常高檔的設施。我想起住在那裡的玉木夫人。嚷著找不到鑰匙、找不到鑰匙的玉木夫人。不知道她有沒有告訴工作人員這件事呢？還是默不吭聲，沒讓其他人知道鑰匙不見了的事。

行事曆手冊裡還夾著一片葉子。

「噯阿谷，這個你覺得怎麼樣？」

阿谷特地走過來拿起葉子，翻來覆去盯著葉子看。

「什麼怎麼樣？這什麼葉子？」

「上面不是有寫字？」

「嗯——？」

阿谷皺起眉頭，像在解難題似的凝神細看葉子。

原來他看不到啊。或者應該說，除了我之外沒有人能看到。原來是這麼回事。

「不然，你聽到TAMATAMA會想到什麼？」

「咦？欸——？那當然是……」

阿谷嘻皮笑臉，浮現下流的微笑⑩。

「下流，笨蛋！」

我輕輕打了阿谷一下。太好了，他好像完全恢復活力了。

「好啦，我想想喔。對我來說，聽到TAMA就會想到棒球的球吧。」

高中隸屬棒球隊的阿谷，擔任的是捕手。用肢體語言表示「打棒球」時，通常選擇揮棒姿勢的人比較多，可是阿谷一講到棒球，一定會做出用手套接球的動作。

「我啊，打棒球時就不用說了，總之我非常喜歡擦球。默默把球擦乾淨時，感覺連心也擦得一乾二淨了……喔，對了！」

阿谷拉開書桌抽屜，拿出兩張紙。

「我拿到兩張養樂多隊對中日隊的球賽門票，在神宮球場，我們去看球賽吧！」

「好耶，我要去！」

高舉夜間球賽的門票，綁著沖天炮的阿谷笑了。

眼角深深的魚尾紋，剛長出來像一點一點芝麻的鬍碴。和我擁有同樣長度的人生，活過同一個時代的阿谷。我拚命忍住想愛憐地咬他一口的衝動。

阿谷要處理堆積如山的工作，我就在傍晚前離開了他的事務所。

九月已入下旬，迎面而來的風也帶著秋意。乾燥的空氣中，我再度走向神社。

---

❿譯註：TAMA在日語中也有「蛋蛋」的意思。

那隻賓士貓不知道在不在。不過，我總覺得不會再見到那隻貓了。正所謂一期一會。

昨天只在底下的參拜殿參拜，貓離開時走的階梯上方一定還有大殿。我拾級而上。

人們不知道都懷抱著何種心思踏上這道階梯呢？對某人來說可能是日課，某人可能懷著急切的心願，也有人是為了接受祝福。或許有人……是因為被自己設下的詛咒束縛。

爬到階梯頂端，果然有一座大殿，散發莊嚴靜謐的氛圍。

正當我眺望著成對的狛犬，裡面走出一位微胖的先生。身穿藍色工作服，手上拿著掛了抹布的水桶。我輕輕點頭說「您好」，他就露出惠比壽大人般的笑容。看到水桶上寫著神社的名字，他應該是這裡的宮司吧。我這麼問：

「參拜殿旁邊有一張長椅的地方，那是什麼樹呢？」

「喔，那個啊。那叫大葉冬青，很有意思喔。刮葉子背面會留下咖啡色痕跡，以前的人在葉子上抄經，或是拿來寫信。啊、對了，也有人用來占卜。」

「占卜嗎……」

我忍不住笑了，宮司半嘆氣地說：

「占卜師也很辛苦呢。」

難道認出我是彗星茱莉亞了嗎？我身子一僵，但又好像不是那麼回事。宮司先生看著另一個方向說：

「自從『靈能』這個詞彙開始流行，總覺得令人同情的占卜師愈來愈多。該怎麼說呢，大家都忘了他們也是普通人。我有時候也會被誤會成靈能者，像是希望我告訴他死去的人說了什麼啦，或是抱怨就算在這裡祈禱願望也不會成真之類的。」

「啊、我懂！真的是這樣，很辛苦。」

我感激得幾乎想跟宮司先生握手。或許是與我心電感應了吧，宮司先生更是一發不可收拾：

「的確啦，身為神職人員，或許比一般人更容易感受到神明的氣息。可是，那就像在學校的時候擔任股長一樣啊。生物股長比大家容易察覺青鱂魚產卵了，保健股長和保健室老師說話的機會增多了，類似這樣的狀況吧，不是什麼特別的事。我明明也和大家一樣只是普通學生，卻被要求做出超越常理的事，讓人很為難啊。」

宮司先生也有宮司先生的怨言呢，不知怎地，我有點想笑。

「啊、不好意思。不知為何，一跟妳講話忍不住就變這樣了。」

宮司先生搔了搔頭，我再問：

「要怎麼用大葉冬青的葉子占卜呢？」

「詳情我也不清楚，好像是用火炙烤出的圖案占卜吧。」

「那這也是炙烤出來的嗎？」

我從行事曆手冊裡拿出葉子，宮司先生立刻高興得臉色一亮。

「該不會是貓給的吧？」

宮司先生知道那隻貓的事啊。

「是的，一隻賓士貓。這是牠給我的訊息。」

「喔喔，妳運氣真好。這隻貓叫神籤，這上面的話是給妳的神諭。妳一下就理解了呢，這樣話說起來就簡單了。」

原來那孩子叫神籤啊。我點點頭。

「我或許也是股長。」

宮司先生凝視了我兩三秒，沒有深入追問，只微笑道「這樣啊」。這次輪到我說個不停了：

「可是，我深深感受到，就算自認很努力做好股長的工作，也沒辦法讓所有人以同樣的方式接受。我做的事能讓某些人開心，卻也會激怒某些人，或讓人心情不好。這麼一來，自己心裡也會出現各種情緒。謙卑或反省的同時，也會擅自產生憤怒與焦躁的情緒，兩種情緒正好相反。」

專注聽我說話的宮司先生以沉穩的語氣說：

「在神道中，靈魂可以大致區分為『荒魂』與『和魂』。」[11]

我心頭一陣激動。雙魂，正好是兩個「TAMA」。

宮司先生蹲下來，用手指在地面上寫下「荒」與「和」。

「荒魂勇猛果敢，具有強大的能量。可是，這股能量也有引起災禍的一面。和魂平和謙遜，具備奉獻精神，是溫柔的靈魂，但也因為這樣太柔弱，難以前進。兩種靈魂都需要、也應該擁有。」

⓫ 譯註：日語中「魂」的發音也是TAMA。

宮司先生分別用兩個圓圈圈起地面上並排的兩個字。

「在哪種場合，哪種靈魂以什麼狀況活躍，或許都會改變那個人的一生。所以平常就要好好磨練兩種不同的靈魂。」

「就像擦球一樣，是嗎？」

對對對，宮司先生笑了。

荒魂，和魂，缺一不可，兩者是成套的。這麼說來，兩種靈魂或許生來就該彼此撞擊，彼此砥礪。這一定表示，任何一種情緒都有其意義。

若將人生比喻為在世上打一場球，靈魂就是最重要的球了。我們大家都帶著這顆球出生。我看著那片葉子，決定再努力一點，把自己擔任股長的職責做好。

回到家後，我一直在想玉木夫人的事。

事實上，嚴格說來並不是不能用占星術尋找失物。透過遺失的時間點等資訊，也有能占卜出失物下落的方法。只是，那並非清楚指出失物所在的地點，只能從「高處」、「水邊」等關鍵字來找。再加上目前水星逆行，失物有容易找到的傾向。

不過，當然無法保證絕對找得到，要是事情從哪裡走漏，傳出「彗星茱莉亞會幫人占卜找東西」的傳聞就麻煩了。從前母親那句「無法負起責任就不能付出不上不下的情感」浮現腦海。

現在這份情感是否不上不下，甚至這究竟是否稱得上是情感，我也不知道。只是，我內心深處有個像芯一樣的東西在搖擺，整件事縈繞腦海不去。

玉木夫人還在哭泣嗎？要是真像阿谷說的那樣，盒子裡裝的是比金銀財寶更重要的東西，比方說回憶之類的，不能再打開那個盒子，對她的人生而言，一定是莫大的悲傷。她說自己一個人找也有限度，看來肯定沒對身邊的人提起這件事。

我不是通靈者，也不是偵探，或許無法找到玉木夫人的鑰匙。可是——

可是，我可以陪玉木夫人一起找。不能對家人或老人安養院工作人員說的事，我這個非親非故的外人至少可以聽她說。就算找不到，光是讓玉木夫人知道，這裡也有個希望能找到她鑰匙的人，或許就能止住她的淚水。

我下定決心，從行事曆手冊裡拿出玉木夫人給的懷紙。

山。

猶豫了半天是否不化妝就去，最後還是化了全妝，把頭髮綁起來，再前往葉山。

搭計程車抵達Grand Blue葉山，一在接待櫃檯邊脫下口罩，只說了句「不好意思」，年輕的女工作人員就露出驚訝的表情站起來。

「中川小姐，是彗星茱莉亞！」

我什麼都還沒說，事情就有所進展，倒也樂得輕鬆。果然化妝來是對的。大概對直呼我的全名感到抱歉，接待櫃檯那女孩手摀著嘴巴重新說了一次「茱莉亞……小姐」。

櫃檯後方走出一位身材嬌小的短髮女性。年紀大概六十歲左右吧，姿勢很端正，走起路來像有風。這位中川小姐看著我，轉著眼珠笑了：「哇，真的是本人。」

「您好，我是這裡的設施長，敝姓中川。」

「我是彗星茱莉亞，不好意思突然來訪，請問玉木珠夫人在嗎？」

「您找玉木夫人有什麼事嗎……？」

中川小姐表情忽然顯得有點不安。我呵呵一笑回答：

「前幾天在東京都內舉行的談話活動上和她相談甚歡，那時聽說她住在這裡，今天正好有事到附近，就過來打個招呼。」

中川小姐睜大雙眼。

「欸？玉木夫人真的跟茱莉亞小姐說上話了？她是有說見到面，沒想到還跟您交談了嗎？」

她果然沒把鑰匙的事告訴安養院的人。中川小姐打內線電話告訴玉木夫人我來的事，帶著我踏上走廊。

「我原本就是茱莉亞小姐的書迷，讀完您的著作後，我把書放在圖書室內，玉木夫人一副很感興趣的樣子。」

「謝謝。」

「被抽中參加活動時，還想過乾脆瞞著玉木夫人，我自己去好了呢。不過，正因為寄去參加的人是玉木夫人，所以才會抽中吧。這種機會，往往是神明用看不到的手交到有需要的人手上的。」

中川小姐帶我來到掛有「玉木珠」名牌的門前，敲了敲門。拉門打開後，玉木夫人出來了。

和上次穿的和服不同，今天她穿的是深藍底白點的連身洋裝。

「哎呀、哎呀，是真的耶。還以為中川小姐跟我說著玩，沒想到，老師您真的來了。」

「還想跟玉木夫人您多聊一點。」

我這麼一說，玉木夫人就說「快請進來吧」，親暱地拉著我的手臂，帶我進入房間。中川小姐點個頭就離開了。

拉上拉門，我看一眼房內。窗外就是大海，除此之外，室內和一般公寓裝潢無異，有溫暖的奶油色牆壁與木頭地板。只是，房間裡佈置得很夢幻，教人想不到這裡住的是八十三歲的老太太。橘色格子窗簾和木製桌椅，充滿少女品味的設計。床上蓋的是有淺粉紅色小花圖案的床罩，斗櫃上擺放著幾個相框。簡直就像國中女生的房間。唯一例外的，只有床邊放著的小小黑色保險箱。

桌上鋪著白色拼布桌巾，上面有十個左右的小珠子。玉木夫人一邊說「請等一下」，一邊將那些小珠子收拾起來。其中一顆從桌上滾落在地。

「哎呀，抱歉哪。」

我把珠子撿起來。是彈珠？

「我在玩彈彈珠呀，偶爾也會跟中川小姐一起玩。」

玉木夫人將彈珠裝進玻璃瓶，我也幫忙裝。大小不一的彈珠在拼布上不安定地滾來滾去。手指不小心碰到，又掉了一顆下去。玉木夫人忙不迭地說：

「踩到就不得了嘍，會摔跤的，老師，您當心點。」

我一邊心想，玉木夫人更該當心吧，一邊撿起彈珠。彈珠這麼不安定的東西，要是玉木夫人一個人玩著玩著忘了收，豈不是很危險嗎？我左右張望地面，確認是否安全無虞。

「找到鑰匙了嗎？」

我這麼問，玉木夫人靜靜搖頭。

「或許不能再在那個盒子裡裝任何東西了。一定是這樣的。」

玉木夫人輕輕朝保險箱伸手，開始按上面的數字鍵。我心想不能看，倉促之間轉身。原本還有點擔心她說忘了號碼，結果保險箱門毫無問題地打開了。我轉過頭，玉木夫人已經坐在床緣，手裡拿著一個盒子。

「這個啊，是爸爸從法國買回來給我的禮物。那時我七歲。」

玉木夫人沉醉地撫摸著盒子。

「打開一看，裡面鋪著深粉紅色的天鵝絨布，實在太美了。我高興得每天打開來看，連嫁人之後依然如此。」

「對您來說……這盒子一定很重要。」

「是啊，非常。」

玉木夫人笑得感傷。盒子裡裝的東西固然重要，對她而言，這盒子本身就是無可取代的寶貝。不能因為失去鑰匙打不開就破壞它。

我從包包裡拿出筆記本。

「雖然不知道能不能對鑰匙這件事幫上忙，但我們可以一邊聊聊，一邊聽星星怎麼說。說不定能獲得一點提示。」

「哇，好像很有趣。星星會給我們答案嗎？」

「會給某種程度的提示，不過星星的語言複雜，得由我來翻譯。」

玉木夫人高興地合起雙手。

於是，我慢慢地在閒聊中對玉木夫人提出必要的問題。那把鑰匙平常都放在哪？最後一次是什麼時候用的？又是什麼時候發現不見了的？聊著聊著，氣氛漸漸輕鬆起來。

玉木夫人說的話有時前後邏輯不通，有時又不斷岔開話題，愈扯愈遠，或是反覆說著同樣一件事。不過這樣反而更好，因為作為線索的關鍵字，往往就藏在意想不到的地方。盒子裡裝了什麼，只有這個她似乎不想提，所以我盡量避開這一題，逐步解讀星星的配置。不管怎麼說，找到鑰匙才是我的目的。

玉木夫人說，鑰匙平常都放在斗櫃最上層抽屜。最後一次使用是一星期前的事，應該在安養院內定期實施的健康診斷之後。

玉木夫人有兩個小孩，一個兒子，一個女兒。兩人都成家了，兒子在東京當社長，女兒住在國外。她原本和先生住在一起，五年前剩下自己一個人，搬來這邊住。

「亞由美」這名字出現了好幾次，聽起來是她的兒媳婦。

「亞由美心地真的很善良，她常來看我。」

「是個好媳婦呢。」

「真的啊，得好好感謝她才行。每年都來看我一次。」

「……一年只來一次嗎？」

「對，他們在逗子有別墅，夏天全家人會去那裡避暑，順便過來看我十五分鐘。」

十五分鐘。我不知道該如何回應，只能微笑點頭。

「亞由美也會帶她疼愛的約克夏小狗一起去別墅，來看我時小狗就得自己顧家。亞由美總說放牠獨自在家太可憐，所以很快就回去了。她心地真的很善良。」

也不知道她是不是真的覺得對方心地善良。按捺不住想追究這件事的心情，我才剛說「那是因為——」玉木夫人就笑著阻止我。

「沒辦法啊。畢竟我只是個什麼都不會的老太婆，跟我說話又很無聊。」

啊，又來了。我心想。給自己貼上「派不上任何用場」、「什麼價值都沒有」的標籤。「事情一定不會順利」、「我做什麼都不行」……至今到底聽過多少人這麼說了呢。明明不是這樣，完全不是這樣的。

「可是我住在這間安養院很幸福喔。老師，您住在哪裡？和家人一起住嗎？」

不確定玉木夫人口中的「家人」指的是父母手足還是結婚與否，我猶疑了一瞬間，立刻發現其實兩者的回答是一樣的。

「我一個人住。住在東京都內的公寓。」

「這樣啊，那工作的時候，是在氣派的命相館裡面嗎？」

「不，我不隸屬任何單位，只要有人找我工作，哪裡都會去。我是個像彈珠一樣不安定的占卜師。」

一邊操作電腦一邊這麼回答。其實我的事不重要，重要的是得快點找到玉木夫人的鑰匙。

玉木夫人像唱歌似的說：

「珠子這種東西，是很強的唷。」

我停下抓著滑鼠的手，望向玉木夫人。

玉木夫人「呵呵」地發出天真無邪的笑聲。

「我小時候，家父經常這麼說。以結構而言，球體是最強的形狀。不但承受得住外來的衝擊，自己還不會受任何傷害。既強大又穩重，同時也非常美。他希望我成為那樣的人，所以才幫我取了『珠』這個名字。」

「……好棒喔。」

「所以，像彈珠一樣的占卜師也很棒不是嗎？發出七彩光芒，隨心所欲地滾動，有時不知道會滾到哪裡去，但這也是有意思的地方啊。」

我差點大叫出來。

玉木夫人的這番話，才真的像散發光芒滾過我心中的寶珠。感覺像自己一路走來的生存之道都獲得了肯定。告訴我這番話的玉木夫人卻說自己是個沒用的人，這太悲哀了。

我強忍眼淚深呼吸，目光回到電腦螢幕上的星盤。星星符號看上去似乎抖動了一下。一面解讀星星的配置，一面聽玉木夫人說話，再用自己的詞彙說出解讀的內容。

「玉木夫人，我想鑰匙大概就在附近喔。」

「附近？」

「對，還有，星盤顯示『從以前到現在的夥伴……』大概是像這樣，一直都在旁邊的東西。鑰匙感覺就混在那些夥伴裡面。」

玉木夫人露出不可思議的表情望向天花板。

「夥伴是指誰呢……我又沒有什麼夥伴。」

「……不是人類也可以。」

我小心選擇遣詞用字，玉木夫人忽然像花朵綻放般臉色一亮。

「夥伴……！對了，是這裡。」

只見玉木夫人打開床邊一扇小門，裡面是個小櫃子，放有眼鏡、文庫本和其他一些小東西。她從那裡拿出一個音樂盒，毫不猶豫地打開。

瞬間，〈給愛麗絲〉的樂音流洩而出，我看到音樂盒裡放著幾樣古銅色的金屬製品。

有別針、戒指和領巾夾。

其中也有一把把柄呈現貴族徽章模樣的鑰匙，跟那張畫上的一樣。

「對了對了，我想起來了！放在這裡啦。」

玉木夫人握著鑰匙，高興地撲上來抱住我。然後，迫不及待似的拿起那個木盒。

瞬間，我猶豫起自己是否該繼續待在這邊。那盒子裡的東西，我是不是不要看到比較好。想著得轉身才行，粗俗的好奇心又蠢蠢欲動。內心深處告訴自己，這或許也是一種「荒魂」，目光始終沒有離開玉木夫人手邊。

玉木夫人將鑰匙插入鎖孔，轉動……

把盒子，鎖上了。

「哎呀，太好了，終於能放心了。這麼一來，就不怕蓋子打開，裡面的東西跑出來了。」

……這是怎麼回事？

蓋子原來是沒鎖上的嗎？玉木夫人其實是需要鑰匙鎖上盒子嗎？

突如其來的事態發展，令我感到錯愕不已。

「我想起來了，那天健康診斷後，正在打開盒子時，中川小姐突然來找我。我急忙蓋上蓋子，卻忘了上鎖。中川小姐來是為了跟我說『玉木夫人訂的擦拭布，十天後會送到』，那個擦拭布啊，我從少女時代用到現在，拿來擦拭黃銅飾品用的，一直以來都跟同一家專賣店買。因為差不多該換新的了，就請中川小姐幫我訂。把盒子上鎖的事，就這麼被我給忘了，為了方便擦拭布送來的時候一起擦，就把鑰匙跟其他黃銅夥伴放在一起啦。」

原來她不是為了打不開盒子傷腦筋啊。盒蓋開著的話，把裡面的東西移到其他地方放不就好了嗎？她那句「除非神仙出馬，不然那盒子裡的東西是拿不出來的」又是什麼意思？

玉木夫人深深一鞠躬。

「真的非常謝謝您。老師，您是真正優秀的占卜師。」

「別這麼說，一星期前訂的擦拭布，說是十天後會送到，就算今天沒找到，只要再過三天，您一收到擦拭布不就馬上發現鑰匙在哪了嗎？」

夫人似乎聽不太懂我的意思，一臉不知所措的樣子，但又立刻溫柔地笑起來。那表情散發的暖意，絲絲滲入我心中。

「話是這麼說，我已經很久沒和別人聊天後心情這麼輕鬆過了。真的好高興喔，感覺像是雨過天晴。」

玉木夫人伸出一隻手，要求和我握手。

「我也是，玉木夫人。」

我用雙手握住她的手，忍住把頭靠在玉木夫人身上的衝動。

離開時，我前往櫃檯打招呼，中川小姐衝出來。

「您已經要回去了嗎？玉木夫人真厲害，竟然真的跟茱莉亞小姐變成朋友了。」

「是啊，不過還有一點小謎團沒解開，我下次再來玩好了。」

我半是自言自語地這麼回應，中川小姐便若無其事地說：

「喔，您說的該不會是那木頭珠寶盒？那個裡面什麼都沒有喔。」

「咦？」

「她本人好像以為大家都不知道，其實我碰巧看到過。那天房門打開一半，她似乎也沒發現，就打開蓋子對著盒子裡面講話。講什麼我就沒聽清楚了，只見她一會兒笑，一會兒生氣的。畢竟是大戶人家千金出身，從小就把不能跟別人說的話藏在心裡了吧。」

我無言以對，中川小姐瞇起眼睛微笑說：

「玉木夫人她啊，絕對不會說別人壞話或抱怨什麼。看到她自己一個人打開盒子對著裡面吐露真心話時，我忽然覺得她好可愛。如果可以的話，我也願意聽她說，只是，這就要看玉木夫人自己怎麼想了。」

原來如此，原來那裡面是——

盒子裡裝的，是玉木夫人不願意被任何人知道的心聲。玉木夫人對著盒子說出真心話，再用鑰匙鎖起來，封印在裡面。真的是除非神仙出馬，不然沒人拿得出來。

「對了，可以請您在這上面簽名嗎？」

中川小姐微微一笑，對我遞出簽名板和麥克筆。

夜晚的神宮球場坐滿了觀眾，我和阿谷也並肩坐在其中。

脖子上掛著中日龍隊的藍色毛巾，阿谷從賣啤酒的小姐手中接過兩個長長的紙杯，拿了其中一杯給我。

「我啊，在想要不要重新開始接個人委託的占卜。」

一邊喝啤酒一邊這麼說。在葉山發生的事，我並沒有告訴阿谷。因為有保密義務。然而，阿谷聽我這麼說也不吃驚，只回了句「是喔」。我繼續說：

「不以彗星茱莉亞的身分，換個名字，換個樣貌。該怎麼做我接下來還要想想就是了。或許乾脆不做占卜了。」

「嗯，我覺得很好喔。其實那應該才是笑笑妳想做的事吧。」

我點點頭。

無法告訴任何人的話，需要一個能悄悄說出口的地方。就像玉木夫人的珠寶盒，我希望自己能成為那樣的存在。對我來說，我的珠寶盒大概就是阿谷吧。不過又有點不一樣，當我為阿谷的事情苦惱時，就沒辦法告訴他了。

在離日常生活遠一點的地方，需要的時候打開盒蓋，把想講的話講完，宣洩之後再蓋上盒子，上鎖之後回到原本的生活。我認為，每個人都需要一個類似這樣的地方。如果那個人想聽聽天上的聲音怎麼說，透過星星的指引，或許也能帶來某些提示。

剛學會解讀星盤的時候，在小酒館的角落，與每個客人面對面的那段時光。

我認為，比起預言未來或提示幸運物之類的事，有件事我更想告訴大家。我想讓所有人知道，你是個多麼美好的人，如此而已。

球賽開始了。

進入第二局時，阿谷把自己脖子上的毛巾拿下來，輕輕披在我肩上。

「妳明明很冷，還一直忍耐。」

「被你發現啦？」

白天很熱，不小心就疏忽了。只穿一件長袖T恤，果然有點抵擋不了秋風的寒意。厚厚的大條毛巾蓋在肩上，暖暖的好舒服。

「我做什麼事都瞞不過阿谷呢。」

「當然是因為有愛啊。」

心跳加速。不過，這話不能當真。我故意開玩笑地盤起雙手。

「有愛是嗎，那可真謝謝你喔。」

阿谷對著球場的方向說：

「我說妳啊，就跟我在一起吧。」

「啥？」

「正好我們碰巧重逢了啊。」

阿谷的臉紅得跟鬼一樣。一定是喝了啤酒的緣故。這絕對是……啤酒……

我好高興。一陣猛烈的喜悅。可也難為情得不得了，只能故意找碴。

「什麼嘛，碰巧重逢就在一起的話，對象不是我也無所謂嘍？」

「我碰巧跟笑笑重逢了耶，沒有什麼比碰巧這種事更值得信賴了吧？」

球場上傳來高亢的「鏘」一聲，打出全壘打了。所有觀眾嘩地站起來，阿谷趁亂一把抱住我。令人懷念卻又充滿新鮮感的體溫。既甜又苦，髮蠟的氣味。我伸出手臂環抱他，緊緊地。就相信這個碰巧的機緣吧。

選手和觀眾們都懷著熱烈的心情，凝望白球的去向。

投球，接住。

揮棒打擊，球飛出去。

仰望夜空，啊，就在那裡。
擦得發光的白色球體。
圓鼓鼓的月亮。

悄悄話

喔喔，多麼可愛。

四月即將結束的這個時節，大葉冬青今年也開花了。葉腋開滿黃色小花，形成一簇一簇的小花球，像點亮圓圓的燈籠。大葉冬青的花語是「傳達」，這真是最適合她的標章了。

雖然櫻花已經散落，對我而言，大葉冬青才是告知季節轉換的花。任何事都一樣，比起一開始，稍微上軌道後是最痛苦也最開心的時候。事實上，參拜者也從這個時期開始增加。

若說櫻花的盛開是為新生活獻上祝福，大葉冬青花送上的一定是鼓舞。看看這花朵，豈不是很像啦啦隊的彩球嗎？

神籤會出現在有大葉冬青樹的神社。

在我們神職者之間，這是自古以來流傳已久的知名傳聞。

無關參拜者的性別或年齡，那隻貓會用大葉冬青的葉子，向人們傳達神諭。貓的名字叫神籤。然而，關於牠的事，卻從來沒有傳進街頭巷尾的大眾之間。一定是神籤動了什麼手腳吧？不知為何，就算拿到神諭的人想把事情散播出去或告訴別人，也會忽然發生什麼急事而失去說出口的機會。神籤似乎設計了一套與最近沒有緣分的人不產生聯繫的機制，運作得很巧妙。

去年夏末遇到神籤的那七個幸運的參拜者，後來都還不時會來造訪神社。

美晴小姐前陣子帶著她工作的美髮沙龍的傳單來，高興地說：「我這個月開始可以正式幫客人剪頭髮了。」從以前到現在，給美晴小姐洗過頭的人都說她洗頭很溫柔，洗了很舒服，已經好幾個人固定指名她了。平常我都去熟悉的理髮店，去沙龍這種地方好像有點跑錯場合，但她說帶傳單去的新客人有半價優待，下次我也去請美晴小姐幫忙剪頭髮吧。

耕介先生家的千金今年好像準備考高中，和太太一起，一家三口來神社買了保佑學業的護身符。

原來那位彩希小姐，好像在比耕介先生更早之前就來過這間神社了。說是小學時學校舉行的校外觀摩教學，彩希小姐那組去了神社附近的玻璃工廠，回程和朋友來借廁所。竟然還有這件事啊。她很抱歉地說，等待朋友上廁所時，在大葉冬青葉片後面畫了相合傘，寫下自己和意中人的名字。確實有這件事，葉子背後寫的是「彩希♡」和「達彥♡」。我問她要帶走那片葉子嗎？她說如果不會造成神社困擾的話，希望可以留著。不如我來祈禱他們戀情順利好了。話說回來，這位達彥小弟是她的同學嗎？

慎君最後決定在樂器行就職，今年春天開始成為社會新鮮人。活用在唱片行打工的經驗，與上門買樂器的客人之間溝通得似乎挺不錯。聽說彈吉他的技巧也愈來愈進步了，下次得叫他彈給我聽聽呢。對了，他大哥的樂團好像也正式出道了，慎君抱著祝賀的心情，買了好多CD到處送人。我也拿到一張，旋律令人有種說不出的懷念，很有味道。一定會大賣的。

話說回來，最令我驚訝的是木下先生。

從神社走出大馬路的地方有棟商辦混合大樓，以前木下先生經營模型店就開在那裡。沒想到今年春天，店重新開幕了。這次開的是塑膠模型和娃娃屋的模型專賣店，他和媳婦君枝小姐兩人一起經營。有時他們會一起來神社，像對口相聲一樣鬥嘴吵架，看起來過得很幸福。下次不知道會在平等院鳳凰堂旁邊擺上什麼模型呢。

和也小弟後來帶了朋友來，那個女孩子還叫他「苔蘚博士」喔。我想想，好像是一個叫遠藤的女生。

和也小弟有時會跟我要一片大葉冬青的葉子，還會盡量選大片的。說是用那個寫信去山形，這種書信往來真美好。

不過，和也小弟好像一直以為我是打掃的大叔，誤會了很長一段時間。是說，也不算誤會啦。

千咲太太依然為了成為漫畫家奮鬥，偶爾也在家用電腦做漫畫家助手的工作。好像有一位叫露吹光的老師，聽說是很有名，畫過很多漫畫的漫畫家給了她建議，所以她正努力創作投稿用的作品。

「我想畫一個講述神社的故事，請讓我來這裡蒐集資料。」這麼說著，千咲太太帶著筆記本來訪。那部漫畫裡，說不定還會有我出現喔。哎呀，好害羞喔。

喔喔對了，悠小弟穿七五三和服的樣子也很可愛。

最後一位是笑笑小姐。

她是個不可思議的人。我到現在還不知道笑笑小姐到底是做什麼的。只是，每次笑笑小姐來參拜時，只要和她說話，就會覺得心情輕鬆許多。

聽君枝小姐說，那棟商辦混合大樓的稅務會計師事務所裡有個隱藏房間，裡面好像有一位蒙面治療師，我猜可能就是笑笑小姐，不知道我想的對不對。那位治療師完全不接受電視與雜誌採訪，光靠口碑就漸漸累積了知名度。聽說她非常擅長聆聽，有時還會運用占星術，解讀天體配置來給客人建議。聽到這件事，我才想到可能是笑笑小姐。

笑笑小姐曾很感興趣地問了如何用大葉冬青葉占卜的事。聽說那位蒙面治療師戴的是只遮住眼睛的黑色面具，像假面舞會戴的那樣，這也令我聯想到神籤。
說到占卜，很久以前出現在各種電視節目上的彗星茱莉亞小姐，最近很少在電視上看到呢。不知道怎麼樣了？
咦？你問我最後有見到神籤嗎？
哎呀，真的耶，不知為何，我提不起勁說自己的事了。
那麼就特別告訴你吧，這是我們之間的悄悄話。是說，或許你聽到一半就有什麼急事發生，無法聽到最後也說不定。
那是我看完養樂多隊對中日隊夜間球賽電視轉播後發生的事。我不經意……對、真的是不經意地想說去外面呼吸一下新鮮空氣吧。這種「不經意」、「無意間」的感覺裡，或許棲宿著什麼。
總之，當我走出社務所仰望天空時，看到了滿月。
心想好美啊，我走到大葉冬青樹下，一陣風吹來，樹上的葉子一起沙沙搖晃，就像搖鈴的聲響。

喔喔，今晚——

我懂了，是神籤回來的日子。

我站在大葉冬青前，貓就從長椅後方悠然現身，前腳稍微併攏坐在那裡。背部是黑色，腹部和腿長有白毛的賓士貓。屁股上有個白色星形記號。沒錯，是神籤。

「幸會了。」

我緊張得差點發抖，又激動得內心萬馬奔騰，懷著這種心情跟牠搭話，神籤只是牢牢凝視著我。黑暗中，神籤那雙澄澈透亮的雙眼散發光芒，像天上最亮的星星。

接著，牠微微歪了歪頭，右腳「咚」地放在長椅上。意思是要我坐下吧。我在神籤身邊坐下。

「我是不是一個稱職的宮司呢？」

神籤點點頭，瞇起眼睛笑了。看來我被稱讚了喔。開心的我沉浸在滿足的情緒中，神籤忽然輕輕舉起一隻前腳。什麼事呢？我也學牠舉起一隻手。神籤微微跳起，把牠的前腳和我的手合在一起。喔喔，是想跟我擊掌嗎。擊掌表示志同道合，顯示親愛之情。這是多麼光榮的事。

神籤揚起嘴角一笑，隨後轉身朝大葉冬青樹一跳，在半空中繞著樹幹打轉。我從長椅上站起來，看著神籤像理髮店招牌一樣往上團團轉。

配合神籤的動作，大葉冬青樹好像很舒服的樣子，伸展著樹幹與樹枝，簡直就像在跳舞似的。神籤抵達樹頂，朝月光縱身一跳，身影融入黑夜。

走掉了嗎？這麼乾脆俐落。

我在感謝與寂寥的心情中抬頭仰望天空，這時，一片葉子裊裊飄落。

哎呀，竟然。

撿起葉片，我忍不住笑了。這不是神籤屁股上的星星記號嗎？

這究竟代表什麼意思呢？以相撲來說就是代表勝利的「白星」吧。不、可是我又沒有在什麼比賽裡獲勝。

曾是廚師的我腦中浮現米其林的星星。或者，這是代表最近流行的「按讚」嗎？還是凶手的意思[12]？還是偶像明星？

如果剛才的擊掌表示「我們是夥伴」的話，這個星星符號或許是我和神籤這一小隊的隊徽吧。如果是這樣就太高興了。

沒什麼好著急的，慢慢思考吧，反正這不是給別人，是專屬於我的神諭嘛。神諭會引領我到哪裡，最後只有我知道。

哎呀。

你聽到最後了嗎？這真是不可思議。明明神籤和最近沒有緣分的人之間不會產生聯繫的啊。

這麼說來，莫非……

你的運氣很好喔。

或許很快就輪到你從神籤手中接過大葉冬青葉子了。

請好好珍惜屬於你的神諭。

⓬譯註：日語中警察的黑話「星」代表凶手

◎参考文献

《コケはともだち》　藤井久子　監修　秋山弘之／リトルモア

◎協助採訪

鶴見神社

冨塚八幡宮

ホビー＆雑貨　喜多屋ダンク（戸塚モディ）

春日
ハルヒブンコ
文庫

107

在樹下傳達神諭的貓

猫のお告げは樹の下で

在樹下傳達神諭的貓 / 青山美智子作 ; 邱香凝譯. -- 初版. --
臺北市 : 春天出版國際文化有限公司, 2022.06
面 ;　公分. -- (春日文庫 ; 107)
譯自 : 猫のお告げは樹の下で
ISBN 978-957-741-533-2(平裝)

861.57

ISBN 978-957-741-533-2
Printed in Taiwan

NEKO NO OTSUGE WA KI NO SHITA DE
by
Michiko Aoyama

作　　者　青山美智子
譯　　者　邱香凝
總 編 輯　莊宜勳
主　　編　鍾靈

出 版 者　春天出版國際文化有限公司
地　　址　台北市大安區忠孝東路4段303號4樓之1
電　　話　02-7733-4070
傳　　眞　02-7733-4069
E－mail　bookspring@bookspring.com.tw
網　　址　http://www.bookspring.com.tw
部 落 格　http://blog.pixnet.net/bookspring
郵政帳號　19705538
戶　　名　春天出版國際文化有限公司
法律顧問　蕭顯忠律師事務所
出版日期　二〇二二年六月初版
　　　　　二〇二三年八月初版六刷

定　　價　420元

總 經 銷　楨德圖書事業有限公司
地　　址　新北市新店區中興路二段196號8樓
電　　話　02-8919-3186
傳　　眞　02-8914-5524
香港總代理　一代匯集
地　　址　九龍旺角塘尾道64號 龍駒企業大廈10 B&D室
電　　話　852-2783-8102
傳　　眞　852-2396-0050